# Un baiser enivrant

KIM LAWRENCE

# Un baiser enivrant

AZUR

HARLEQUIN

*Collection :* Azur

*Titre original :*
ONE NIGHT WITH MORELLI

*Ce roman a déjà été publié en 2015*



**HARPERCOLLINS FRANCE**
83-85, boulevard Vincent-Auriol, 75646 PARIS CEDEX 13
Service Lectrices — Tél. : 01 45 82 47 47

www.harlequin.fr

ISBN 978-2-2804-4081-3 — ISSN 0993-4448

# 1.

Tout en fendant la foule, Eve Curtis fouillait nerveusement dans son sac, la mine sombre et préoccupée. Elle était terriblement en retard ! Et cette fois, il ne s'agissait pas d'un impondérable. Si encore elle avait pu incriminer un avion retardé ou un embouteillage… Mais non, elle seule était à blâmer. Elle avait eu tort de passer par le bureau.

Elle sortit son téléphone, tout en évitant les nombreux passants qui se pressaient dans la rue. Concentrée, elle se mit à pianoter frénétiquement sur les touches, lorsqu'elle sentit une pression sur son épaule. Tournant la tête, elle comprit en une fraction de seconde qu'un homme la suivait et venait d'essayer de lui arracher son sac.

Elle avait de bons réflexes et agrippa fermement la bandoulière, en hâtant le pas. Mais le voyou revint à la charge, rapide comme l'éclair. Il avait de la force et il agit si lestement qu'Eve ne put résister lors du second assaut. Sidérée, elle regarda son agresseur partir en courant avec son sac. Elle se mit à crier.

— Au secours… Au voleur !

Personne ne sembla s'émouvoir de la situation et Eve vit le jeune homme progresser rapidement dans la foule — la capuche enfoncée sur la tête. Jouant des coudes, elle tenta de le suivre, et crut un instant qu'elle avait perdu la partie… mais le voleur heurta soudain un homme à l'imposante stature, et tomba à terre.

Eve entendit le truand lancer des propos venimeux et

fut bientôt près de lui, les jambes en coton mais prête à en découdre. Elle le vit lever les yeux vers le passant qui avait stoppé sa course. Le visage du voyou changea instantanément d'expression : la hargne se mua en peur, et il lâcha son butin avant de détaler comme un lièvre.

Draco Morelli secoua la tête et soupira, affligé. Ces voleurs étaient un vrai fléau ! S'il n'était pas aussi en retard, il aurait volontiers couru après ce vaurien pour lui apprendre une ou deux leçons… Au lieu de quoi il se baissa pour ramasser le sac volé, qui s'ouvrit en déversant son contenu sur le trottoir.

Il ne put s'empêcher de sourire : le sac était rempli de lingerie fine — dentelle, soie, froufrous s'étalaient à ses pieds. Il s'apprêta à les ramasser. A trente-trois ans, il n'était plus censé s'émouvoir de ce genre de choses, mais tout de même… cela ne lui arrivait pas tous les jours de devoir manipuler des dessous féminins par dizaines !

Du bout des doigts, il attrapa un soutien-gorge rose. Bonnet D, se dit-il en connaisseur.

Une étiquette cousue à la main attira son attention. « La Tentation d'Eve ». Le nom lui rappelait vaguement quelque chose.

Rachel affectionnait-elle cette marque ? Peut-être… Leur complicité sexuelle lui manquait, il devait bien l'admettre. Toutefois, il se félicitait tous les jours d'avoir rompu. Elle avait fini par réellement l'agacer. Sa manière d'utiliser le pronom nous, par exemple, lui était devenue insupportable… « Ma sœur *nous* prête son studio à la montagne pour le nouvel an. » Non vraiment, c'était mieux qu'il ait mis un terme à leur relation.

Lorsque Rachel l'avait croisé *par hasard* dans un grand magasin, alors qu'il faisait du shopping avec sa fille, il avait su qu'il ne pourrait supporter davantage ses attentes, son insistance à faire partie de sa vie. Elle avait déployé des efforts un peu trop visibles pour s'attirer les bonnes grâces de Josie. Mais sa fille n'était pas dupe. D'ailleurs, elle lui avait fait un jour ce commentaire qui lui avait mis la puce à l'oreille : « Ne sois pas trop brutal, papa, quand tu la quitteras. »

Cette remarque l'avait glacé. Il avait failli à son devoir de père : la frontière devenait trop poreuse entre sa vie familiale et ses aventures amoureuses. Il fallait continuer à protéger Josie, d'autant plus qu'elle grandissait.

Le jour où la mère de Josie était partie — ou plutôt les avait abandonnés — il s'était juré qu'il protégerait sa fille et qu'il lui épargnerait toute souffrance inutile. Sans doute avait-il commis des erreurs, inévitables. Mais au moins il lui avait évité de s'attacher aux femmes qui avaient traversé son existence.

— Absolument ravissant, murmura-t-il en passant le pouce sur le galbe soyeux du soutien-gorge.

— C'est à moi, lança une charmante jeune femme sur un ton déterminé.

Elle se tenait juste à côté de lui, les bras croisés. Manifestement, elle l'observait depuis quelques secondes.

— Vous vous appelez Eve ? interrogea Draco en désignant l'étiquette du sous-vêtement.

— Oui, vous avez deviné juste.

Elle lui sourit timidement. De petite taille, elle avait de grands yeux verts qui éclairaient un visage opalin en forme de cœur. Elle avait les joues roses, et des boucles châtaines venaient égayer son air sérieux. Bon sang, elle était aussi charmante que sa lingerie, songea Draco.

Eve était très fière de sa ligne de lingerie, une collection raffinée, à la fois glamour et coquine, mais confortable, pour la femme moderne. Elle fut soulagée de voir que son travail n'était pas perdu.

— Il ne vous a pas blessé, j'espère ? Merci infiniment ! Vous avez été…

Elle s'interrompit brusquement pour s'éclaircir la gorge. La bouche sèche et le cœur battant à tout rompre, elle dévisagea l'homme qui se tenait devant elle, soudain gênée de le voir les mains pleines des sous-vêtements qu'elle avait créés. Un frisson lui parcourut l'échine. Que lui arrivait-il ? Etait-ce le contrecoup de son agression ou était-ce la présence de cet homme ? Car il fallait l'admettre : il dégageait un magnétisme incroyable !

Mais peut-être subissait-elle tout simplement les effets du décalage horaire… Elle se sentit soudain épuisée.

— … très courageux, articula-t-elle pour terminer sa phrase.

Dieu merci, elle n'avait pas bégayé ! Mais elle devait tout de même avoir l'air ridicule, à chercher ses mots la bouche ouverte…

Maintenant qu'elle avait recouvré ses esprits, elle détailla l'inconnu avec attention. Il était remarquablement beau. Les pommettes hautes, la mâchoire carrée et volontaire, il avait des lèvres sensuelles et des cils étonnamment longs, qui ajoutaient du mystère à ses grands yeux noirs. Une fine cicatrice, sur le côté de sa bouche, achevait de lui donner un air ténébreux… Et pourtant, sans qu'elle sût dire exactement pourquoi, cet homme lui semblait arrogant et prétentieux. Oui, il avait l'air pédant et sûr de lui. Eve détestait ce genre de personnage — et d'ailleurs, elle se trompait rarement sur les gens. Cet homme lui était antipathique — voilà pourquoi elle se sentait si troublée en sa présence.

— Ne vous inquiétez pas pour moi, je suis solide, répondit-il avec un sourire étincelant.

Le regard de l'homme vint alors se poser sur le soutien-gorge, avant de revenir sur elle — ou plus exactement sur sa poitrine. Eve sentit ses joues devenir brûlantes.

Etait-il en mesure de deviner qu'elle ne portait pas de soutien-gorge ?

Non, c'était stupide : il ne pouvait pas voir à travers son chemisier. Avec ce pansement sur son omoplate, elle ne supportait aucun vêtement ajusté… Par réflexe, elle boutonna sa veste en essayant de ne pas trop tirer sur son épaule. La cicatrice serait probablement refermée d'ici quelques jours mais, jusque-là, elle devait faire attention…

— Vous vous appelez vraiment Eve ? demanda-t-il d'un air curieux.

— Et vous Adam, sans doute, rétorqua-t-elle pour lui voler une réplique trop souvent entendue.

— Non, Draco. Mais vous pouvez m'appeler Adam si vous voulez.

— C'est très gentil, mais nous en resterons là.

Après l'avoir remercié encore une fois, elle lui prit ses affaires des mains, les fourra dans son sac et lui adressa un bref signe de tête, avant de reprendre son chemin. Alors qu'elle s'éloignait, elle eut la sensation que le regard de l'homme pesait sur elle. « Inutile de te trémousser comme une midinette, Eve, personne ne te prête attention », se réprimanda-t-elle. Un rapide coup d'œil la détrompa.

Draco n'avait pas bougé. Il la regardait.

Frazer Campbell rajusta tranquillement ses lunettes et tourna la page. Draco avait du mal à maîtriser son impatience.

— Ce sont des menaces en l'air, n'est-ce pas ?

La lettre manuscrite rédigée de la main de son ex-femme comportait des formules juridiques qui émanaient visiblement de quelqu'un d'autre. Plus précisément d'Edward Weston certainement, son nouveau fiancé récemment élu au Parlement. Avec son étiquette de conservateur défenseur des valeurs de la famille, il se devait de remettre sa future épouse sur le droit chemin en la rappelant à ses devoirs de mère.

Mais Draco n'avait pas l'intention de se laisser faire. Le bonheur et le bien-être de sa fille étaient sacrés.

— S'agit-il de menaces sérieuses ? le questionna Frazer avec calme.

Il aurait vraiment fallu être stupide ! On ne s'attirait pas impunément les foudres de Draco Morelli. Les gens tendaient plutôt à se ménager ses faveurs... Et la plupart le craignaient, préférant ne pas avoir à l'affronter.

Draco sentit le regard de Frazer le parcourir de la tête aux pieds. Celui-ci, après avoir réchappé avec lui d'une avalanche en montagne, était un des rares à compter parmi ses amis — il était devenu son confident, son conseiller et il connaissait parfaitement son histoire. Un sourire amusé aux lèvres, Frazer lui demanda avec un humour circonspect :

— Et d'ailleurs, où vas-tu avec ton habit de cérémonie ? Tu t'apprêtes à te marier ?

— Ce n'est pas demain la veille ! s'exclama Draco avec un mépris affirmé pour la vénérable institution du mariage.

— Dommage... Ce serait la solution idéale à ton problème. Ta fille aurait...

Il consulta un instant la lettre.

— ... « une présence féminine stable dans sa vie ».

Draco se laissa tomber lourdement sur une chaise.

— Je préférerais encore avoir ma mère à demeure.

Frazer, qui connaissait Veronica Morelli, éclata de rire.

— Il faudrait être idiot pour reproduire deux fois la même erreur, ajouta Draco.

— Est-ce bien raisonnable de consulter un idiot ? rétorqua son ami, sans se départir de son air jovial.

Draco se rappela soudain que Frazer venait de se marier pour la seconde fois, et était visiblement très heureux. Il se radoucit.

— Il y a des exceptions, concéda-t-il. Et je demande conseil à l'ami, pas à l'avocat. Je n'aurais pas les moyens de régler tes honoraires.

Frazer eut une moue amusée. Doté par sa naissance d'une immense fortune et de non moins grands privilèges, Draco Morelli, richissime héritier italien, aurait largement pu vivre de ses rentes. Mais, en infatigable entrepreneur, il avait réalisé au cours des dix dernières années des investissements qui l'avaient propulsé au sommet du monde de la finance. Il était désormais installé à Londres, où sa réputation était bien établie.

Draco cachait derrière son sourire une volonté de fer. Son mariage éclair, qui s'était soldé par un désastre, lui avait heureusement donné une fille qu'il adorait, si bien qu'il ne regrettait rien. Mais il ne risquait pas de recommencer.

Il avait des aventures, des liaisons, mais pas d'histoires d'amour. Il était lucide sur ses besoins et ne cherchait pas à travestir ses intentions. Le sexe était pour lui quelque chose d'important, un besoin fondamental. Mais il se passait volontiers d'émotions superflues. Cela ne lui demandait aucun effort de ne pas s'impliquer sentimentalement. Son principal problème était de maintenir sa fille à l'écart. A treize ans, elle possédait une maturité impressionnante, qui le sidérait et l'effrayait un peu.

— Elle remet en cause mon droit de garde, observa-t-il en réfléchissant tout haut. Même si Edward est derrière tout cela…

La dernière conquête de son ex le surprenait… Elle affectionnait généralement des hommes beaucoup plus jeunes. En dépit de la bague ostentatoire qu'elle arborait, il doutait de la longévité du couple. Mais tant mieux pour eux s'il se trompait… En tout cas, il n'était pas question que Clare bouleverse la vie de sa fille sous prétexte qu'elle se découvrait brusquement la fibre maternelle !

— J'aime beaucoup Clare, poursuivit-il. D'ailleurs,

tout le monde l'adore. Mais elle est incapable de s'occuper d'une adolescente. Je ne lui confierais même pas mon chat !

Il secoua la tête avec une moue affligée. Clare était complètement irresponsable. Josie avait trois mois quand elle était partie. Un après-midi, elle était allée chez l'esthéticienne, et n'était jamais rentrée. Draco s'était retrouvé père célibataire à vingt ans.

Sa paternité lui posait constamment de nouveaux problèmes, qu'il résolvait tant bien que mal. Il devait aussi résister à l'ingérence de sa propre mère ! Depuis qu'elle était veuve, Veronica Morelli avait tendance à lui rendre visite un peu trop souvent. Elle débarquait sans crier gare avec ses valises, et se mêlait en plus de lui présenter de jeunes candidates au mariage.

La voix grave et posée de son ami le sortit de ses ruminations.

— Elle demande la garde conjointe, Draco. En tant que mère, elle en a le droit…

Frazer leva la main pour prévenir ses récriminations et poursuivit calmement.

— Rassure-toi, étant donné les circonstances, aucun juge n'ira dans son sens, même si elle finit par épouser Edward Weston. Et puis, d'ailleurs, ce n'est pas comme si tu lui avais interdit de voir Josie.

Draco hocha la tête. Quels que soient les torts de son ex-femme, il ne s'était jamais interposé dans ses relations avec leur fille. Mais Clare était fantasque. Pendant plusieurs mois d'affilée, elle pouvait se contenter de quelques textos ou mails. Puis, un beau jour, elle arrivait les bras chargés de cadeaux, pour des retrouvailles dont on ne savait jamais à l'avance combien de temps elles dureraient. Jusqu'à ce que surgisse un nouveau centre d'intérêt…

Lorsqu'il était question de son ex-femme, l'objectivité de Draco se teintait toujours d'un léger cynisme, même si la colère l'avait quitté depuis longtemps. D'ailleurs, il s'en voulait davantage à lui-même qu'à Clare d'avoir stupidement cru à l'amour. A vingt ans, très sentimental, il manquait singulièrement de lucidité.

— Donc, selon toi, je n'ai pas à m'inquiéter ? demanda-t-il.

— Je suis avocat, Draco, pas devin. On ne sait jamais ce qui peut arriver.

— Certes. Je peux me faire renverser par une voiture au coin de la rue.

Draco jeta un coup d'œil à sa montre et se leva, en ôtant d'une chiquenaude un grain de poussière invisible sur le revers de son habit gris perle. Il n'avait pas la moindre envie de se rendre au mariage de Charlie Latimer. Ce genre de cérémonie le déprimait. Mais il faisait un effort pour Josie, tout excitée à la perspective de porter une nouvelle toilette.

— C'est vrai, ce qu'on raconte ? Latimer épouse sa cuisinière ?

— Je n'en ai pas la moindre idée.

Dans l'ascenseur, Draco se surprit à penser à un joli soutien-gorge rose et une paire de grands yeux verts. Il resta même quelques secondes le regard dans le vague, sans s'apercevoir que la porte était déjà ouverte…

« Concentre-toi, Draco ! » se dit-il. Il n'avait pourtant pas l'habitude de rêvasser. C'était d'ailleurs précisément son sens des réalités qui lui avait permis de réagir et de faire face après le départ de Clare. Sinon, il se serait apitoyé sur lui-même et enfermé dans l'amertume.

Mais il n'était pas homme à subir le moindre échec.

L'air frais de la rue lui permit de se ressaisir. De toute manière, la jeune femme aux yeux verts n'était pas son genre, même si elle avait un certain charme…

— Oh ! Excusez-moi.

Draco offrit une main secourable à la créature blonde qui était entrée en collision avec lui, sans doute pas tout à fait par inadvertance. Elle agrippa son bras pour rétablir son équilibre.

— Vous vous êtes fait mal ? demanda-t-il avec un sourire poli.

— Cela m'apprendra à regarder où je mets les pieds, susurra-t-elle avec coquetterie. Je ne sais pas si vous vous souvenez de moi… ? Nous nous sommes rencontrés à un gala le mois dernier.

— Oui, bien sûr, mentit Draco.

Il avait peut-être flirté avec elle. C'était bien possible.

— Pardonnez-moi, je suis un peu pressé…

Elle interpréta son expression navrée à son avantage.

— Quel dommage ! En tout cas, vous avez mon numéro. Je serais ravie de dîner avec vous…

La jolie blonde s'interrompit brusquement pour agiter la main en direction d'une silhouette de l'autre côté de la rue.

— Eve ! cria-t-elle en abandonnant d'un coup ses minauderies.

Avec un soupir résigné, Eve figea un sourire sur ses lèvres et se retourna.

Elle les avait évidemment aperçus à l'entrée du parking. Ils étaient si beaux, l'un et l'autre, qu'on les remarquait forcément. Non qu'elle enviât leur beauté… Etre constamment au centre de l'attention s'apparentait pour elle à un cauchemar. Tout de même, cet homme… Quelle curieuse coïncidence !

Elle eut un petit rire caustique. A vrai dire, elle n'était pas surprise de le voir s'afficher avec une top model connue pour travailler avec des marques de lingerie ! Après tout, c'était assez typique de ce genre d'homme…

Alors pourquoi diable éprouvait-elle ce ridicule pincement de déception ? Alors qu'ils s'étaient à peine croisés… Etait-ce cela qu'on appelait une attirance irrésistible ? Celle qu'une femme pouvait éprouver pour un homme au point d'en oublier tous ses principes… comme sa mère, par exemple, qui avait été si longtemps la maîtresse d'un homme marié !

A contrecœur, Eve répondit donc à son salut.

— Bonjour, Sabrina.

Elle adressa un signe de tête à son compagnon. S'il était la dernière conquête de Sabrina, cela expliquait en partie son orgueil et sa suffisance.

— Je suis si contente de te voir ! s'écria Sabrina en l'embrassant. En plus, cela tombe à pic. Je peux te donner ma réponse en personne…

Elle marqua une pause théâtrale.

— Je suis disponible.

De quoi parlait-elle ?

Devant l'expression d'Eve, Draco réprima un rire amusé. Il avait tout de suite reconnu cette jeune femme, qui essayait manifestement de s'esquiver.

Il n'avait pas l'habitude qu'on l'évite. C'était même le contraire qui se produisait, généralement. Pourquoi le dédaignait-elle ? Cela piquait sa curiosité.

— Ah, répliqua Eve sans comprendre.

— Mais mon agent attend le coup de fil de ton assistante, qui ignore probablement que j'ai terminé tous mes engagements.

— Désolée, Sabrina. J'étais à l'étranger, je ne suis au courant de rien. Le recrutement s'est fait sans moi.

— Tu as tout de même ton mot à dire, j'imagine ?

Eve faillit acquiescer, mais son honnêteté foncière l'obligeait à dire la vérité, pour ne pas entretenir de faux espoirs.

— En fait, nous n'engagerons pas de mannequins professionnels pour présenter la collection. Nous prendrons des femmes normales… Je veux dire…

— Des femmes ordinaires, intervint Draco.

Puis, se tournant vers Sabrina :

— Ce que vous n'êtes absolument pas.

Eve, au lieu de le remercier, lui décocha un regard venimeux.

— Comme vous êtes gentil, murmura Sabrina en l'embrassant sur la joue.

Eve leva les yeux au ciel et croisa en même temps le regard de Draco. Visiblement, il guettait un sourire de connivence, qu'elle lui refusa résolument.

Une expression déçue se peignit malgré tout sur les traits de la top model.

— La publicité fonctionne pourtant sur ce principe, observa-t-elle. Les femmes sont convaincues qu'elles vont me ressembler si elles achètent le produit.

Eve soupira. Elle n'avait ni le temps ni l'envie de poursuivre la discussion.

— Désolée, je suis pressée... Ravie de cet heureux hasard...

Cela sonnait faux, mais elle ne s'attarda pas et fonça tête baissée vers l'entrée du parking.

Cette brève rencontre l'avait complètement décontenancée... Elle se mit à rire tout haut. Décidément, quelle journée insolite ! D'une main tremblante, elle chercha ses clés dans son sac. Son cœur n'avait cessé de battre la chamade dès l'instant où elle avait aperçu ce dénommé Draco. C'était invraisemblable ! Il suffisait qu'elle le croise pour que son corps réagisse de manière démesurée !

Elle avait assez de préoccupations sans se soucier d'un inconnu qui représentait de toute façon tout ce qu'elle méprisait chez un homme. Malgré le décalage horaire, elle devait faire bonne figure et aller retrouver sa mère — qui s'apprêtait à gâcher sa vie et sa liberté. L'heure n'était pas au marivaudage. Elle se frotta l'épaule avec une petite grimace de douleur. Elle avait aussi subi une petite intervention chirurgicale. Oui, elle avait des excuses, et des raisons de se sentir bizarre.

— Pourquoi me fuyez-vous ?

Eve sursauta violemment et faillit lâcher ses clés.

Comment quelqu'un d'aussi athlétique pouvait-il s'approcher sans faire aucun bruit ? Il se tenait à côté d'une voiture de sport, luxueuse et clinquante.

Elle releva le menton, et lança d'un air bravache :

— Vous encore ? Je ne vous fuis pas, mais je vais finir par croire que c'est vous qui me poursuivez !

L'adrénaline qui coulait dans ses veines n'avait rien à voir avec la peur, ce qui était en fait plutôt inquiétant.

— Ce n'est pas mon intention, répondit-il. Je sais d'ailleurs, d'expérience, que c'est fort désagréable de se sentir poursuivi et…

— Oh ! Comme je vous plains ! le coupa-t-elle d'un ton moqueur. Ce doit être épouvantable d'être continuellement agressé par ses admiratrices.

Sur le point d'ajouter qu'elle ne serait jamais de leur nombre, elle se ravisa. Inutile d'en rajouter, cela allait finir par sonner faux… même s'il ne pouvait pas deviner l'effet qu'il produisait sur elle.

— Je prends ça pour un compliment…

— Vous ne devriez pas, rétorqua-t-elle d'un ton tranchant.

Elle tentait désespérément de conserver son expression hautaine et d'ignorer le petit sourire que sa réplique avait fait naître chez lui.

Elle n'avait pas envie de le connaître.

Il lui déplaisait intensément.

Jamais aucun homme n'avait suscité en elle pareille aversion.

— Calmez-vous, *cara*. Je viens simplement chercher ma voiture.

Il appuya sur sa clé et les lumières du bolide clignotèrent.

Eve se maudit intérieurement. Evidemment, comme si tous les apollons de la terre la poursuivaient sans répit… Elle s'était tout simplement ridiculisée.

— Accepteriez-vous de dîner avec moi ?

Elle leva les yeux vers lui, interdite. Avait-elle bien entendu ce qu'il venait de lui dire ?

— Ce serait dommage… d'en rester là. Il y a tant d'alchimie entre nous, ajouta-t-il avec calme.

Il parut satisfait de son explication, ce qui la fit bouillonner. Les joues en feu, elle lui lança un regard qu'elle espérait meurtrier.

— C'est votre orgueil qui vous pousse à conquérir toutes les femmes ? Je ne ferai pas partie des esclaves consentantes.

— Tant mieux, je n'aime pas la passivité, plaisanta-t-il.

— Et moi je déteste les hommes à l'ego démesuré ! rétorqua-t-elle.

Après quoi elle monta en voiture.

— Et il n'y a pas d'alchimie entre nous, lança-t-elle avant de claquer la portière.

Un éclat de rire parvint à ses oreilles et acheva de l'exaspérer, ce qu'elle exprima en faisant crisser la marche arrière de sa voiture.

# 2.

Hannah était assise au bord du lit à baldaquin, les chevilles élégamment croisées. Elle était grande, gracieuse, blonde aux yeux bleus. Eve lui jeta un regard admiratif, avant de s'observer dans le miroir. Même habillée exactement comme Hannah, elle n'avait pas l'air aussi élégante !

Elle avait coiffé ses cheveux châtains comme d'habitude : tirés en arrière et roulés en chignon sur la nuque. Cette coiffure mettait en valeur son visage et son cou graciles, mais elle l'avait choisie davantage par commodité que pour une raison esthétique. A la moindre humidité dans l'air, ses boucles frisaient d'une manière incontrôlable, et Eve aimait bien avoir la sensation de tout maîtriser.

A une époque, elle avait essayé de prendre modèle sur son amie Hannah, dont elle enviait la classe et la distinction naturelles. Vainement. Elle finissait toujours par se sentir mal à l'aise, comme si elle avait emprunté les vêtements d'une autre. Peu à peu, elle avait néanmoins trouvé son style, ou son *uniforme*, comme le disait Hannah — assez injustement. Certes, elle était toujours en tailleur-pantalon, mais elle variait tout de même les couleurs. De toute façon, une femme d'affaires n'avait pas le temps de courir les boutiques. Dans le monde de requins où elle évoluait, se détendre était un luxe qu'elle ne pouvait pas se permettre.

— Aïe !

Son pied s'était pris dans l'ourlet de sa robe de demoiselle d'honneur et elle s'était cogné le genou contre un meuble.

— On l'aurait raccourcie si tu étais venue pour les essayages, dit Hannah en secouant la tête avec un sourire.

Malgré les retouches de dernière minute, le décolleté avait tendance à bâiller et le bustier glissait si Eve bougeait un peu trop vivement, ce qu'elle faisait assez souvent. En fait, elle ne tenait pas en place.

Elle poussa une nouvelle exclamation agacée. Elle n'aurait pas eu ce problème si la nature l'avait dotée d'une poitrine plus généreuse. Malgré les mouchoirs en papier qu'elle avait fourrés dans son soutien-gorge sans bretelles, le corsage était mal ajusté. En plus, la petite cicatrice sur son omoplate lui faisait encore mal.

Au moins, toutes ces tracasseries l'empêchaient de penser à sa mère, qui allait gâcher sa vie pour un homme indigne d'elle ! Depuis qu'on lui avait annoncé la nouvelle, la semaine précédente, elle en avait perdu le sommeil. Et elle priait le ciel pour que sa mère recouvre la raison.

En pure perte.

— Tu as dû envoyer des mesures inexactes, reprit Hannah. Ta maman trouve d'ailleurs que tu as maigri pendant ton séjour en Australie. Mais je sais bien qu'on ne peut pas revenir d'aussi loin juste pour essayer une robe.

Eve, qui se sentait déjà coupable, se vexa tout à fait.

— Ce n'est pas ma faute si je n'étais pas là. Je ne suis pas partie pour fuir ma mère ! protesta-t-elle avec une mauvaise foi absolue.

— Je n'ai jamais pensé cela, lui dit doucement Hannah avec une voix pleine de compréhension.

— De toute façon, je ne comprends pas les raisons de cette décision précipitée.

Hannah lui lança un regard appuyé qui aurait dû lui mettre la puce à l'oreille. Son amie s'approcha d'elle, la main posée sur son ventre.

— En tout cas, tu as pu rentrer à temps, c'est le principal. J'aurais bien aimé que tu viennes à mon mariage aussi, ajouta Hannah sur un ton de regret.

— Je n'ai pas eu d'invitation.

— Tout a été improvisé.

— Que de mystères..., grommela Eve.

Même si elle ne connaissait pas tous les détails de l'histoire d'Hannah avec le prince de Surana, elle se félicitait de voir son amie aussi heureuse et resplendissante.

— Réjouis-toi, Eve. Nos vœux sont comblés ! Nous avions toujours rêvé de former une seule et même famille.

Eve retint la remarque qui lui brûlait les lèvres.

Elle ne pouvait guère dire à Hannah tout le mal qu'elle pensait de son père. Combien de fois avait-elle prié pour que sa mère mette un terme à leur sordide et secrète liaison...

Et voilà qu'à présent Charles Latimer avait décidé de demander la main de sa maîtresse et d'inviter le monde entier à leur mariage. Elle jeta un coup d'œil par la fenêtre en entendant un hélicoptère atterrir sur la pelouse. Encore un VIP. Charles Latimer avait beaucoup de relations dans les hautes sphères.

— Elle est très en retard ! s'écria Eve, qui guettait impatiemment l'arrivée de sa mère.

Après un silence, Hannah reprit la conversation.

— Je suis d'accord avec toi, mon père s'est comporté d'une manière très égoïste avec ta mère pendant des années. Mais il a vraiment beaucoup de chance de l'avoir rencontrée. Sarah est la meilleure chose qui lui soit arrivée dans sa vie. Je suis contente qu'il en ait pris conscience, et je suis ravie qu'elle devienne ma belle-mère.

— C'est une maman et une femme merveilleuse, dit Eve, la gorge serrée.

Sa mère avait fait tant de sacrifices pour elle...

Elle serra les poings jusqu'à enfoncer les ongles dans ses paumes. Sarah méritait mieux que Charles Latimer.

— Elle te considère déjà comme sa fille, se força-t-elle à dire à Hannah.

— Je l'espère.

Les yeux bleus de son amie s'embuèrent sous le coup de l'émotion. Juste à ce moment, la porte s'ouvrit sur la mariée.

Presque aussi blanche que sa robe, Sarah Curtis dut s'agripper à une table pour ne pas chanceler. Plus rapide qu'Eve, Hannah se précipita pour la soutenir.

— Tout va bien, Sarah ?

Eve cligna des yeux. Hypnotisée par les flots de tulle du voile de la mariée, elle ne voyait même pas la pâleur de sa mère. Lorsque, un peu plus tôt, elle avait aperçu la robe pendue sur un cintre, elle était d'abord restée sans voix. Heureusement, Hannah avait volé à son secours pour prononcer les compliments d'usage. Mais Eve, dans son for intérieur, trouvait cette tenue ridicule et totalement *inappropriée*.

Sarah sourit faiblement.

— J'ai juste besoin d'un peu de blush sur les joues.

Hannah se planta devant elle, les mains sur les hanches, comme pour demander une explication plus convaincante.

— Bon, je n'avais pas l'intention de vous en parler tout de suite, soupira Sarah d'un air penaud. Cela ne fait que douze semaines…

La traîne devait peser une tonne, songea Eve en contemplant les magnifiques broderies en perles dont rêvaient tant de jeunes filles — mais qui, de son côté, la laissaient de marbre. Sans doute était-elle un peu bizarre et originale, mais ce genre de déguisement ne la tentait pas. En tout cas, sur une femme de plus de quarante ans, c'était grotesque.

Elle releva les yeux pour découvrir les deux femmes qui se serraient dans les bras en pleurant. Que se passait-il ? Avait-elle manqué quelque chose ?

— Tu peux toujours enlever la traîne, suggéra alors Eve en s'efforçant de rester pratique.

Pour aujourd'hui, elle ne pouvait rien faire d'autre pour sa maman. Plus tard, quand les choses se gâteraient avec Charles, elle serait là pour la consoler, bien sûr.

Sarah eut un petit rire.

— Si seulement c'était aussi simple... Pour toi, je n'ai pas du tout eu de nausées, ma chérie, mais cette fois-ci...

Elle prit le verre d'eau que Hannah lui tendait et avala une gorgée.

De quoi parlait-elle ? Elle n'était tout de même pas en train de dire qu'elle était... *enceinte* !

Complètement hagarde, Eve se laissa tomber sur la banquette avec l'impression d'avoir reçu un coup sur la tête. Les tempes bourdonnantes, elle ferma un instant les paupières tandis que Hannah s'affairait autour de Sarah.

— Voilà qui est mieux. Un peu de rose aux joues et tu as déjà meilleure mine.

Eve se redressa, à bout de souffle, et bégaya péniblement :

— T-tu es en-enceinte, m-maman ? C-comment ?

Deux paires d'yeux se tournèrent vers elle et elle sentit ses joues devenir brûlantes. Elle avait buté sur tous les mots, comme lorsqu'elle était enfant ! Mais cela ne l'empêcha pas de poursuivre le fil de sa pensée.

— Alors tout s'explique, j'imagine...

— Que veux-tu dire, Eve ? demanda Sarah.

Eve secoua la tête. Voilà donc pourquoi Charles Latimer avait brusquement décidé d'épouser sa cuisinière, qui avait secrètement été sa maîtresse pendant tant d'années. Ce n'était pas par respect ou par amour pour Sarah, mais parce qu'il espérait un héritier.

Hannah ne semblait d'ailleurs pas inquiète le moins du monde à l'idée de devoir partager un jour son héritage. Il est vrai qu'elle avait épousé un prince richissime.

— Je m'en doutais, déclara Hannah d'un air complice en tapotant les yeux humides de sa future belle-mère à l'aide d'un mouchoir. J'en ai parlé hier soir à Kamel, qui s'est moqué de moi. Depuis que je suis enceinte…

Elle s'interrompit et mit une main sur sa bouche.

— Oh ! Je n'étais pas supposée annoncer la nouvelle. Vous me jurez de ne rien dire à personne ?

— Oh ! Hannah, ma chérie, Kamel doit être fou de joie ! s'écria Sarah.

— Il est aux petits soins avec moi. Je n'ai plus le droit de rien faire.

Devant son amie aux anges, Eve se sentit brusquement mal à l'aise. Naturellement, elle était tout à fait bien disposée à l'égard du prince, mais son côté cynique l'emportait. Combien de temps durerait la lune de miel ?

— Vous allez toutes les deux avoir des bébés, dit-elle, hébétée, comme pour récapituler les dernières nouvelles.

Sarah joignit les mains avec ravissement.

— N'est-ce pas incroyable ? Notre famille s'agrandit, les filles.

— Une vraie famille, approuva Hannah.

Eve les fixa, sans voix. C'était à son tour de dire quelque chose. Mais quoi… ?

— *Incroyable*, articula-t-elle faiblement.

Elle avait fait beaucoup de chemin depuis le temps où elle rêvait d'avoir *une vraie famille*. Elle n'avait pas de père, car le sien avait refusé de la reconnaître. Mais finalement, après s'en être désolée, elle s'en félicitait plutôt. Contrairement à la majorité de ses camarades de classe, elle n'avait pas eu à subir le traumatisme de la séparation ou du divorce des parents.

Sa mère n'avait pas eu d'amants avant de travailler pour le père de Hannah. Quand Eve avait découvert leur liaison, elle avait beaucoup plus souffert du secret que de la relation elle-même. Et sa colère avait grandi au fil du temps, parce que l'histoire se répétait. Comme dans sa jeunesse, Sarah acceptait d'être le jouet d'un homme dont elle était par ailleurs la domestique.

Même si Charles Latimer n'était pas marié, il était exactement comme son père, un égoïste qui profitait de la faiblesse et de l'infériorité de sa maman. La première fois, Sarah était excusable. Jeune étudiante sans expérience, elle avait trouvé un job pour les vacances et son employeur, riche et sans scrupules, avait facilement abusé d'elle.

Mais comment une femme intelligente et indépendante pouvait-elle renouveler une erreur passée ? N'avait-elle aucun amour-propre pour se laisser humilier ainsi ?

Sa mère avait-elle conscience qu'il l'épousait seulement à cause du bébé ? Malgré tout, Charles Latimer valait toujours mieux que son premier amant qui, en apprenant qu'elle était enceinte, lui avait simplement conseillé de *s'en débarrasser*. Eve était tombée un jour sur une lettre de son père, qui indiquait des noms de médecins renommés qui accepteraient de faire avorter Sarah… Elle avait soigneusement replié le courrier avant de le remettre en place dans le tiroir et n'en avait jamais parlé à sa mère.

— Avoir un bébé à ton âge…

Comme Hannah fronçait les sourcils, elle se reprit.

— Tu n'es pas vieille, bien sûr…

Sa mère lui sourit tristement.

— Tu as toujours autant de tact, ma chérie…

Sarah et Hannah échangèrent un regard. Eve n'était pas jalouse de leurs bonnes relations, mais elle regrettait parfois de ne pas mieux s'entendre avec sa mère.

— Je voulais juste dire…

L'esprit confus, elle s'interrompit.

— Il n'y a pas de risques… pour toi, ou le bébé ?

Charles Latimer, lui, n'avait rien à craindre, évidemment, songea-t-elle avec une rancœur grandissante.

— De plus en plus de femmes ont des enfants après quarante ans, tu sais.

Hannah commença à énumérer une liste de célébrités

de l'âge de Sarah ou plus âgées qui avaient accouché récemment.

— Et je suis bien entourée. Ton père est merveilleux, Hannah.

Cela arrivait malheureusement trop tard dans sa vie, pensa Eve. Mais, après tant de sacrifices, elle méritait bien d'être heureuse…

Eve serra les dents. Non, Charles Latimer n'était pas à la hauteur.

En témoignage de sa gratitude, Eve s'était efforcée très tôt d'alléger les soucis et les charges de sa mère. Refusant une bourse pour entrer à l'université, elle avait préféré se lancer dans la vie active en montant sa propre entreprise. Cela n'avait pas été facile. Les banques refusaient de prêter de l'argent à une jeune fille de dix-huit ans sans expérience. Une fondation caritative l'avait finalement aidée, et elle en était devenue le plus beau fleuron. La *success story* dont elle était l'héroïne était partout citée en exemple.

L'année précédente, Eve avait triomphalement annoncé à sa mère qu'elle pouvait arrêter de travailler. Désormais, elle était en mesure de subvenir à ses besoins et de lui offrir tout ce qu'elle voulait : reprendre ses études, ouvrir un restaurant… ce qui lui ferait plaisir !

Seulement sa mère en avait décidé autrement. Elle avait choisi de gaspiller ses talents en restant au service de Charles Latimer. Furieuse, blessée, frustrée, Eve avait senti un gouffre se creuser entre sa mère et elle. Elle n'y pouvait rien.

Les yeux humides, Sarah scruta attentivement le visage de sa fille.

— Tu ne m'en veux pas, Eve ?

— Je suis vraiment contente pour toi, maman, répondit-elle calmement.

Mais, si cet homme la faisait souffrir, il le regretterait amèrement.

Elle était peut-être meilleure comédienne qu'elle ne pensait, ou alors sa mère avait très envie de croire à son mensonge… car Sarah se détendit visiblement, et lui prit la main avec tendresse.

# 3.

Draco parcourut du regard la vaste pelouse de Brent Manor, la propriété ancestrale de Charles Latimer, sur laquelle étaient dressées de grandes marquises. Les invités se pressaient cependant à l'intérieur du château, où la cérémonie allait bientôt commencer. Entraîné par Josie, il suivit la foule et entra à son tour dans une haute pièce richement décorée et aménagée pour l'occasion. Un quatuor à cordes jouait de la musique de chambre en attendant l'arrivée des mariés. Quand tous les convives eurent pris place, une célèbre soprano chanta deux arias magnifiques.

Pour Draco, ce prélude était interminable. Quand l'orchestre entonna enfin la marche nuptiale, il poussa un soupir de soulagement qui lui valut un coup de coude dans les côtes de la part de sa fille. Dans le cortège qui descendait le grand escalier, il observa avec intérêt la plus grande des deux demoiselles d'honneur, la nouvelle épouse de son ami Kamel.

Elle était vraiment très belle. Puis, son attention fut attirée par la deuxième et il cligna des yeux en reconnaissant la silhouette gracile de la jolie Eve aux yeux verts ! Il ne croyait pas au destin ni aux coïncidences, mais cette fois-ci, à n'en pas douter, c'était un signe.

Elle lui rappelait un tableau de Degas qu'il avait acheté quelques années plus tôt — une danseuse éthérée aux traits délicats. Mais elle n'avait pas l'air ravie de se trouver là. Malgré le sourire figé sur ses lèvres, elle paraissait tendue, presque triste, comme si elle assistait non pas à un mariage, mais à un enterrement !

Au moment précis où elle passait devant Draco, il fut témoin d'une scène cocasse, qui dissipa l'ennui qui le tenaillait depuis son arrivée à Brent Manor. Cela se déroula si vite qu'il n'aurait probablement rien vu s'il ne l'avait pas regardée avec autant d'attention. Elle agrippa à deux mains le haut de son bustier, qui était en train de glisser, et le remonta énergiquement. Il eut juste le temps d'apercevoir un bout de dentelle blanche et une tache de naissance en forme de croissant de lune sur un sein.

Elle continua à exciter son intérêt tout au long de la cérémonie. Se prénommait-elle réellement Eve, comme la marque de lingerie ? Pourquoi avait-elle cette expression sinistre ? Sans transition, il l'imagina portant le soutien-gorge rose qui était tombé de son sac — et cela provoqua immédiatement une décharge électrique dans son bas-ventre. Etrange, les petites brunes n'étaient pas son genre, d'habitude…

Il ne la quitta pas des yeux lorsque le cortège s'ébranla vers la sortie. Charles Latimer arborait un air solennel, tandis que la mariée, bien qu'un peu pâle, était radieuse. Draco, avec un cynisme assumé, ne leur donnait pourtant pas plus de deux mois de bonheur avant de revenir à la réalité crue. Toute l'assemblée était aux anges — et il tira un peu de réconfort à voir qu'il n'était pas seul à trouver tout ce manège surfait : Eve, malgré tous ses efforts pour être de la fête, continuait à afficher une mine sombre et contrariée.

Quand elle arriva à sa hauteur, elle tourna brusquement la tête. Leurs regards se croisèrent et elle marqua un temps d'arrêt tandis qu'il retenait son souffle. Il eut peine à reprendre sa respiration, et se rendit compte brusquement que son visage devait exprimer l'air coupable et éperdu d'un écolier pris en faute. Que lui arrivait-il ?

Il avait déjà éprouvé une attirance inexplicable envers certaines femmes, mais jamais aussi vive… Il eut tout de même la présence d'esprit de lui adresser un clin d'œil.

Il crut voir une pointe d'animosité s'allumer dans les yeux félins d'Eve. Immédiatement, la curiosité et le désir de Draco s'intensifièrent.

Une fois qu'elle en eut pris son parti, Eve attendit passivement que tout soit terminé. Elle assista à la cérémonie l'esprit absent. Heureusement, l'incident avec sa robe passa inaperçu. L'assistance n'avait d'yeux que pour la mariée ou pour la princesse de Surana, resplendissante. Dès qu'elle le put, Eve se glissa à l'écart, sous le grand escalier, pour ajouter quelques mouchoirs dans son soutien-gorge. Même si c'était inconfortable, cela valait mieux que de se retrouver à moitié nue !

Elle s'attarda un peu dans sa cachette. Elle n'avait pas la moindre envie de croiser une fois encore le bel inconnu qui s'était permis de lui adresser un clin d'œil. Quelle audace ! Comme s'ils étaient de connivence ! Elle avait réussi à garder une apparence froide et dédaigneuse, mais intérieurement elle bouillait.

Qui était cet homme ? Charles Latimer avait énormément de relations haut placées. En bon châtelain, il avait aussi invité les employés du domaine et leurs familles. Eve avait aperçu quelques anciennes camarades de classe, mais sans leur adresser la parole.

Miraculeusement, elle avait supporté stoïquement les discours interminables sans avaler une goutte de champagne.

Lorsque les mariés ouvrirent le bal, le poids qui l'oppressait se fit vraiment trop lourd. Elle s'était tant crispée sur un sourire forcé qu'elle en avait mal à la tête. Elle fit semblant de ne pas voir le prince Kamel qui se frayait un chemin vers elle, probablement sur l'injonction de Hannah, et se réfugia dans les toilettes.

Dieu merci, il n'y avait personne dans le grand espace aménagé en boudoir. Elle avait bien mérité quelques instants de solitude.

Elle inspecta son reflet dans la glace, ce qui ne contribua pas à dissiper sa mauvaise humeur. Dehors, il bruinait et ses cheveux, évidemment, frisottaient horriblement.

Elle soupira.

— Et si je m'achetais une perruque ?

Voilà qu'elle se mettait à parler toute seule, maintenant... Elle posa ses coudes sur la tablette et lissa soigneusement ses mèches folles avec de l'eau froide. S'il fallait dresser une liste des cinq journées les plus épouvantables de sa vie, celle-ci figurerait en tête. Le pire, c'était de se taire et de garder tout pour soi. Elle devait sourire envers et contre tout, alors que sa mère épousait un homme méprisable. En plus, elle portait une robe affreuse, qui ne lui allait pas et qui semblait coupée dans un rideau. Comme si cela ne suffisait pas, il y avait cet homme insupportable qui n'arrêtait pas de la fixer.

En le voyant, elle avait d'abord cru à une hallucination. C'était vraiment inouï ! Après avoir démarré en trombe dans le parking, elle avait regardé la silhouette de Draco dans le rétroviseur et n'avait pu réprimer un petit soupir de regret. Oui, il avait raison : il y avait sans doute de l'alchimie entre eux. Du moins, il avait dû sentir l'attirance qu'il suscitait en elle. Mais il était hors de question qu'elle lui avoue ! En le quittant quelques heures plus tôt, elle avait été persuadée qu'elle ne recroiserait jamais cet individu. Et voilà qu'il était planté là, au mariage de sa mère ! Tout se liguait contre elle. C'était une conspiration.

La décharge d'adrénaline qu'elle avait reçue en apercevant Draco avait au moins eu l'avantage de lui redonner assez d'énergie pour supporter la séance de photos. Mais l'agacement avait vite repris le dessus. Chaque fois qu'elle regardait dans sa direction, il était en train de l'observer.

Quel odieux personnage ! Malpoli et arrogant ! Déterminée à l'ignorer, elle avait cependant beaucoup de mal à résister à son magnétisme sexuel, qui l'avait littéralement fait fondre lors de leur première rencontre. Outre sa taille et sa présence physique hors du commun, il émanait de lui une aura indéfinissable, sauvage et dangereuse.

Cela en attirait peut-être certaines, mais pas elle. Au contraire. Elle avait été témoin de l'emprise malheureuse qu'un homme pouvait avoir sur une femme — et cela ne lui arriverait tout simplement jamais.

Fronçant les sourcils, elle s'admonesta sévèrement devant la glace :

— Allons, Eve, tout cela ne sera bientôt plus qu'un mauvais souvenir : il faut tenir le coup !

Elle redressa les épaules, mais pas trop, à cause du bustier. Heureusement, elle commençait à maîtriser le problème. Puis elle se dirigea vers la sortie.

Au travers de la porte, elle reconnut une voix familière… Oh non. Pas elle. Glissant un œil au-dehors, elle aperçut trois horribles filles qui la persécutaient au temps où elle allait à l'école. Dieu merci, l'époque où elles avaient le pouvoir de la rendre malheureuse était révolue. Malgré tout, la coupe était pleine pour aujourd'hui et elle n'avait aucune envie de les croiser. Or celles-ci se dirigeaient tout droit vers elle. Relevant le bas de sa robe, elle courut s'enfermer dans les toilettes pour échapper aux trois jeunes femmes, dont les parents, comme sa mère, travaillaient au service de Charles Latimer.

— J'adore ton rouge à lèvres, Louise.

Eve les entendit vider le contenu de leurs sacs sur une tablette, sans doute pour se remaquiller.

— Hannah a décroché le gros lot avec son prince !

— Oui… Elle a un peu grossi, non ?

— Beaucoup, même.

Eve leva les yeux au ciel. Son amie avait toujours excité la jalousie, mais de là à la trouver grosse ! Elle était parfaite.

— Je lui laisse volontiers son prince. Moi, c'est l'Italien qui me plaît. Quel charme ! Il a des yeux irrésistibles.

— Qui est-ce ?

— Enfin, Paula, tu n'as jamais entendu parler de Draco Morelli ? Je me demande parfois sur quelle planète tu vis. C'est un multimilliardaire, un des hommes les plus riches du monde.

— Ah bon ? C'est dommage, cette cicatrice…

— Moi, je ne trouve pas. Cela ajoute encore à son charme.

Eve, pétrifiée et sentant le feu lui monter aux joues, buvait les paroles des trois filles. Elles parlaient bien de Draco, celui qui l'obsédait malgré elle…

— Il est marié ?

Un gloussement répondit à la question.

— Est-ce vraiment important ?

Eve eut une moue de dégoût. Elle avait beau être personnellement contre le mariage, elle avait du mal à tolérer les discours ouvertement libertins.

Ce… *Morelli* était donc richissime, ce qui n'était pas étonnant s'il gravitait dans les mêmes sphères que son beau-père. Mais, contrairement aux trois péronnelles, cela ne l'impressionnait absolument pas.

Son père biologique avait beaucoup d'argent et occupait de hautes fonctions, ce qui ne l'empêchait pas d'être une vraie crapule sur le plan moral. Eve attachait plutôt de la valeur au talent et à l'intelligence. Le bel Italien n'en était certainement pas dénué, mais il dégageait quelque chose d'inquiétant : supérieur, hautain… prédateur.

— Cela ne gâche rien, admit l'une des trois. Mais, même sans le sou, je veux bien le mettre dans mon lit.

Suivirent un éclat de rire général et quelques commentaires crus. Indignée, Eve fut malgré tout obligée de reconnaître que leurs fantasmes ne la laissaient pas indifférente. Toujours cachée, elle se laissa aller à le déshabiller en imagination…

— Il n'a pas arrêté de me regarder, se vanta Louise. Toute la journée !

Quel culot ! Elle racontait n'importe quoi… c'est *elle* que Draco avait regardée !

— Il t'a abordée ?

— J'ai écrit mon numéro sur la paume de sa main.

— *Non…* Et qu'est-ce qu'il a dit ?

— Il m'a jeté un de ces regards… J'en ai encore des frissons.

— Mais il t'a parlé ?

— Il m'a dit : « J'ai une excellente mémoire. » Ensuite…

— Eh bien ?

— Il l'a effacé !

Si Louise interprétait ce geste comme un signe encourageant, ses amies en étaient moins sûres. Les bavardages continuèrent et elles changèrent de sujet. Elles tombèrent au moins d'accord sur un point. En ces temps de crise, un mariage aussi dispendieux avait quelque chose de scandaleux.

— Ce n'est pas raisonnable, avec tous ces gens au chômage.

« Il ne fallait pas venir », songea Eve.

— Et il épouse seulement sa cuisinière.

— Mais elle est très belle. J'aimerais être aussi bien conservée que la mère d'E-E-Eve quand j'aurai son âge.

— Il faut reconnaître une certaine ténacité à la mère d'E-E-Eve. Apparemment, leur liaison dure depuis des années.

Eve mit la main sur la poignée de la porte, prête à leur voler dans les plumes. Personne n'avait le droit de dire du mal de sa mère !

— Et vous avez vu E-E-Eve ?

Elle s'arrêta net. Ces filles avaient toujours été méchantes.

Plus jeunes, elles l'avaient stigmatisée — à leurs yeux, elle n'était qu'une intello, bègue et ennuyeuse.

— Elle est toujours aussi plate qu'une planche à pain !

— Elle faisait une de ces têtes !

— Vous croyez qu'elle bégaie toujours ?

— Je n'en sais rien. Cette pimbêche est passée devant moi sans m'adresser la parole. Si elle gagnait vraiment autant d'argent qu'on le dit, elle irait chez le coiffeur et l'esthéticienne de temps en temps. J'avais raison, elle est sûrement lesbienne.

— Il n'y a qu'à la regarder.

— Absolument.

— Dire qu'on a été collées au collège juste pour avoir dit cela ! Elle n'a aucun sens de l'humour.

Elles s'éloignèrent et Eve entendit la porte se refermer sur une dernière remarque.

— Elle est toujours aussi orgueilleuse et méprisante.

Le silence retomba. Eve resta enfermée quelques minutes pour sécher les larmes qui avaient roulé sur ses joues. Elle s'était pourtant juré que leurs insultes ne la toucheraient plus. Ces filles n'avaient plus aucun ascendant sur elle, depuis longtemps.

— Pourquoi te caches-tu ?

— Je ne me cache pas, dit-elle tout haut, sans se rendre compte qu'elle répondait à quelqu'un qui murmurait derrière la porte.

Elle s'apprêtait à sortir lorsqu'une réponse, cette fois claire et intelligible, la fit sursauter.

— Tout va bien. Elles sont parties.

Eve ouvrit la porte des toilettes. La voix appartenait à une adolescente, qui l'accueillit avec un gentil sourire. Celle-ci était très mince et, malgré ses ballerines plates, elle la dépassait de plusieurs centimètres.

— Ça va ? lui demanda chaleureusement la jeune fille quand elle se dirigea vers le lavabo.

Eve fit couler de l'eau chaude sur ses mains et lui sourit en retour.

— Très bien, merci, mentit-elle.

Mais sa voix tremblait. C'était ridicule. Comment une femme d'affaires aguerrie pouvait-elle se laisser décontenancer ainsi ?

— Vous êtes sûre ?

Cette petite était vraiment adorable et ressemblait un peu à Hannah au même âge, malgré ses cheveux très noirs, sa peau mate et ses yeux foncés. Elle avait une sorte de grâce naturelle et une grande confiance en elle.

Eve hocha la tête, et l'adolescente s'éloigna. Sur le seuil, elle se retourna, la mine très sérieuse.

— Mon papa dit qu'il ne faut jamais donner prise à des brutes. Si on montre qu'on a peur, ces personnes s'acharnent, surtout si elles sont plusieurs. En fait, elles sont lâches et manquent d'assurance.

— Ton papa a l'air très bien.

— Oui.

Un sourire enfantin éclaira le visage de la jeune fille.

— Mais il n'est pas parfait. Quoi qu'il en pense.

Sa bonne humeur était contagieuse. Toujours plantée devant la sortie, elle continua de regarder Eve, avec candeur et bienveillance.

— Pardon de vous poser la question, mais… Est-ce que ce qu'elles ont dit est vrai ? Etes-vous…

Pour la première fois de la journée, Eve eut envie d'éclater de rire.

— Lesbienne ? acheva-t-elle à sa place.

— Cela ne me dérange pas du tout si vous l'êtes ! ajouta l'adolescente avec sollicitude.

Quel contraste entre sa gentillesse et l'horrible méchanceté des trois mégères ! Eve s'appuya contre le mur avec l'impression d'avoir épuisé ses réserves d'énergie.

— Non, pas du tout.

Soudain, un sanglot la secoua, puis un deuxième,

comme si toutes les émotions qu'elle avait réprimées la submergeaient.

— Restez ici. Je vais chercher quelqu'un.

— Je v-vais b-bien, ce n'est pas la p-peine, articula Eve dans un hoquet.

Cette journée était décidément un désastre. Voilà maintenant que les digues s'étaient ouvertes, et qu'elle ne pouvait plus s'arrêter de pleurer.

# 4.

Lorsque Josie vint le chercher d'un air paniqué, et lui demanda de la suivre dans les toilettes pour dames, Draco sentit son ventre se nouer et envisagea tous les scénarios possibles. Qu'était-il arrivé à sa fille ? Aussi, lorsqu'il poussa la porte et vit Eve, assise sur le sol, l'air aussi effarouché qu'une biche blessée, il ne sut s'il devait éprouver du soulagement, de la stupéfaction ou de l'affliction.

— Allez-vous-en ! lui dit la jeune femme en tentant de ravaler ses sanglots.

Draco évalua promptement la situation.

— Surveille la porte, Josie, et ne laisse entrer personne.

— D'accord.

Avant de s'éclipser, Josie inspecta soigneusement les mains de son père.

— Une femme a vraiment écrit son numéro sur ta peau ?

Sans lui laisser le temps de répondre, elle continua :

— Ce n'est pas la peine de me regarder comme cela. Je sais bien que tu es un don Juan. Au collège, les filles ont mis des photos de toi au mur dans la salle d'étude.

Draco n'eut même pas l'air surpris.

— C'est toujours bon à savoir.

Puis il se tourna vers la femme éplorée, recroquevillée dans un coin, les yeux rouges et gonflés.

Depuis son mariage, Draco se méfiait des crises de larmes. Clare était capable de les provoquer à volonté, avec un art consommé qui lui laissait toujours un visage impeccable, sans abîmer son maquillage.

La scène dont il était le témoin n'avait rien à voir. Les émotions qui ravageaient la jeune femme, bien réelles, menaçaient d'ailleurs de toucher sa corde sensible… Eve était très émouvante, mais il n'avait pas l'intention de se laisser prendre à ce jeu.

Draco ne comptait pas s'étendre sur la cause de son tourment. Il n'était pas là pour jouer les fins psychologues. En somme, il voulait juste qu'elle arrête de pleurer. Et il aurait préféré l'avoir devant lui dans une de ces tenues légères qui portaient sa marque. Car il s'était discrètement renseigné. Elle était bien créatrice de mode, spécialisée dans la lingerie. Naturellement, il n'avait rien contre la nudité non plus.

Il contempla son visage en forme de cœur, avec un menton volontaire et un large front. Une abondance de frisettes s'échappaient de sa coiffure trop stricte. Malgré son nez rougi et ses joues ruisselantes, elle restait extrêmement jolie.

Elle avait même quelque chose de fascinant. Peut-être à cause de la ligne noire de ses sourcils, lesquels contrastaient avec l'émeraude de ses yeux. Elle avait aussi des lèvres pulpeuses, terriblement appétissantes… Il aurait volontiers exploré sa bouche et repoussé les mèches folles qui retombaient sur ses tempes.

— Tout va bien.

Elle eut l'air affreusement mortifié et se contenta de froncer le nez, en essuyant ses yeux. Elle semblait toutefois recouvrer ses esprits, et ses sanglots s'étaient calmés. Un désir irrépressible de la prendre dans ses bras le surprit, tandis qu'elle lui lançait un regard farouche.

— Allez-vous me laisser tranquille ?

Un peu désarçonné, Draco ne répondit pas tout de suite. C'était rare qu'on le rabroue à ce point.

— Croyez-moi, je n'ai pas du tout envie d'être ici.

— Eh bien partez !

— Ce n'est pas l'envie qui m'en manque, rétorqua-t-il, perdant patience. Mais ma fille m'a appelé à la rescousse. Elle me considère encore comme un super-héros capable de tout arranger. J'aimerais que ses illusions perdurent le plus longtemps possible.

Eve releva le menton.

— C'est bizarre, elle a pourtant l'air intelligente.

Son sens de la repartie l'amusa.

— Voilà qui est mieux, commenta-t-il. Je préfère un trait d'esprit à vos larmes... Et maintenant, racontez-moi toute l'histoire, se sentit-il obligé de demander.

— Quelle histoire ?

Elle passa devant lui pour ouvrir le robinet d'eau froide.

— Vous devriez vous en aller. Si quelqu'un vient et vous trouve ici...

— Ne vous inquiétez pas, Josie monte la garde. Personne ne nous dérangera. C'est une enfant pleine de ressources !

— Vous êtes un père extravagant, observa-t-elle. Même si je ne connais pas grand-chose au sujet.

Regrettant cette remarque superflue, Eve se pencha pour s'asperger le visage avec de l'eau froide.

Quand elle se redressa, Draco était juste derrière elle, si proche qu'elle sentit la chaleur de son corps. Il lui tendit une serviette qu'il avait prise sur une pile, dans un joli panier. Elle le fixa, interdite, comme si ce geste l'emplissait de stupeur. A ses tempes, le bourdonnement s'intensifia.

Elle distinguait la texture de sa peau mate, avec la barbe naissante qui ombrait ses joues et cachait presque la fine cicatrice au coin de sa bouche. Sous le coup d'une impulsion irrésistible, elle faillit lever la main pour la toucher et en suivre le dessin...

— Ah, vous n'avez pas de papa, alors ?

Comme une somnambule tirée de sa torpeur, elle sursauta, et attrapa vivement la serviette.

— Vous êtes trop curieux.

— Vous m'intéressez.

Sa réplique détruisit d'un coup les défenses de la jeune femme. Avec la sensation affreuse d'être brutalement exposée, elle se sécha vigoureusement pour dissimuler sa gêne, à laquelle se mêlait un brin d'excitation.

— Vous avez tort, monsieur Morelli. Je n'ai rien d'intéressant.

Il haussa les sourcils.

— Vous connaissez mon nom ?

— Des jeunes femmes vous ont cité au cours de leur conversation.

— Ah, oui.

Il s'absorba un instant dans ses réflexions.

— Et ce sont ces mêmes amies qui vous ont mise dans cet état ?

Il avait touché juste… A moins que Josie ne lui ait tout raconté ! Elle protesta vigoureusement.

— Ce ne sont pas mes amies. Nous sommes simplement allées à l'école ensemble. Et ensuite…

— Attendez, c'est encore mouillé, là…

Il prit la serviette pour essuyer le coin de sa bouche, plusieurs fois.

Pétrifiée, Eve toussa pour dissimuler sa gêne grandissante.

— Nous avons fréquenté le même collège, termina-t-elle faiblement.

Pourquoi était-elle si intimidée par cet homme ? Et rêvait-elle ou une sorte de force sensuelle les poussait l'un vers l'autre ?

— Josie m'a dit que vous aviez été l'objet de méchantes railleries de la part de trois jeunes femmes. Visiblement, elles ont parlé de moi aussi. Et si quelque chose l'a traumatisée, j'aimerais le savoir tout de suite.

C'était aussi simple que cela : il se faisait tout simplement du souci pour sa fille. « Eh bien, Eve, ressaisis-toi ! Que croyais-tu ? Que tu le fascinais ? Qu'il avait l'intention de t'ajouter à la liste de ses conquêtes ? »

« Dans tes rêves. »

Elle ne put s'empêcher de pousser un soupir de déception. D'un autre côté, même si cet homme éveillait en elle des aspirations diffuses, il ne pouvait être question d'y céder. Elle détestait ce genre d'individu, dominateur et suffisant, même si — elle pouvait lui accorder cela — son rôle de père avait l'air de lui tenir à cœur…

— Votre fi… Josie n'a rien à voir dans ce qui s'est passé, vous n'avez pas à vous en faire pour elle…

— Ces femmes ont l'air parfaitement quelconques… Josie me les a montrées avant de m'amener ici, expliqua-t-il. Pourquoi leur jalousie vous atteint-elle ?

Seigneur, pourquoi Josie ne venait-elle pas le chercher ? Eve scruta désespérément la porte, qui ne s'ouvrit pas. Le mieux était encore de satisfaire sa curiosité pour s'en débarrasser au plus vite.

— Mon état n'a rien à voir avec elles. Je suis simplement fatiguée à cause du décalage horaire et j'ai bu trop de champagne…

Elle s'interrompit soudain, soucieuse de rétablir la vérité.

— Et puis, elles ne sont certainement pas *jalouses* de moi. D'où vous vient une idée pareille ?

Sa question parut l'amuser.

— Voyons… Vous êtes belle et vous avez réussi dans la vie alors que…

Il se remémora avec une grimace de mépris le toupet avec lequel la blonde décolorée lui avait donné son numéro de téléphone.

— … *elles* — sans les connaître — me donnent l'impression d'être superficielles et insipides.

Il la trouvait belle ?

— Et ne mentez pas, vous n'avez pas bu de champagne.

— Qu'en savez-vous ?

— Je suis très observateur.

Elle lui lança un regard scandalisé, avant de sentir le sang lui monter aux joues.

— Vous me surveillez !

— Comme si vous le découvriez à l'instant ! répliqua-t-il tranquillement. *Nous* nous sommes surveillés toute la soirée, *cara*.

Eve sentit la confusion la gagner. Il était si sûr de lui qu'il en devenait difficile de garder son sang-froid.

— Pas moi, se récria-t-elle sèchement, pour masquer son embarras.

Draco la considéra longuement. Disait-elle la vérité ? Manquait-elle totalement d'expérience ? Sans doute. Ses grands yeux limpides semblaient incapables de mentir.

Deux mots jaillirent dans son esprit pour la décrire : pureté et innocence.

Il eut un geste de repli. S'ils n'étaient pas sur la même longueur d'onde, il n'insisterait pas. Peut-être s'était-il trompé après tout… mais il s'en apercevait heureusement avant d'être allée trop loin.

— Vous voulez bien faire quelque chose pour moi ? choisit-il de lui demander.

— Cela dépend, rétorqua-t-elle avec un air de défiance.

— Essayez de sourire et quittez cette mine tragique.

Elle se raidit.

— Pardon ?

— J'aimerais rester le plus longtemps possible un héros aux yeux de ma fille. Je vous serais donc très reconnaissant de bien vouloir ravaler votre chagrin et de faire comme si je vous avais consolée d'un coup de baguette magique. Vous n'êtes pas la seule à détester les mariages. Moi aussi je passe un mauvais moment, peut-être parce que cela me rappelle des souvenirs désagréables, admit-il en toute franchise.

Il arrivait maintenant à y penser d'un point de vue objectif, mais cela n'avait pas toujours été le cas. Pour son propre mariage, dès le jour de la cérémonie, il avait eu des doutes, pressentant qu'il commettait la pire bêtise de sa vie. Il ne se serait probablement pas entêté si ses parents, résolument opposés à son mariage, ne lui avaient pas posé un ultimatum.

A vingt ans, il croyait tout savoir. Au lieu de le convaincre, l'opposition de ses parents l'avait aiguillonné. Il avait voulu prouver sa maturité en désobéissant.

— R-ravaler mon chagrin ? s'écria alors Eve avec colère. C'est ce… ce que je fais d-depuis ce m-matin. Et je me moque éperdument de vos impressions personnelles.

Elle le foudroya du regard et marqua une pause. Il remarqua que sa véhémence la faisait légèrement bégayer, et cela lui plut. Elle poursuivit, les joues roses.

— Vous n'aimez peut-être pas les mariages, mais vous n'imaginez pas quelles épreuves j'ai endurées !

Tout en pestant, elle plongea la main dans son corsage et agita des mouchoirs sous son nez.

— Vous n'avez jamais eu à rembourrer votre soutien-gorge pour faire tenir votre robe ! Vous n'avez pas assisté, impuissant, au mariage de votre mère, la meilleure personne qui soit, avec un homme indigne d'elle !

Sa voix s'adoucit soudain, trahissant la profondeur de son émotion.

— Tout cela parce qu'elle est enceinte !

L'espace de quelques secondes, elle eut l'air de se sentir immensément soulagée de s'être libérée du lourd fardeau qui lui pesait sur les épaules. Puis elle leva vers lui des yeux horrifiés.

— Mon Dieu, je ne sais pas pourquoi je vous ai dit tout cela ! Si vous racontez quoi que ce soit, je…

— Vous me tuerez, acheva-t-il à sa place, sarcastique.

— Exactement, confirma-t-elle avec un air sombre.

Tout à coup, incapable de se retenir, il éclata de rire.

— Je suis curieux… Vous avez d'autres mouchoirs, là-dedans, ou tout ce qui reste est à vous ?

Elle croisa les bras sur sa poitrine et baissa la tête avec une moue boudeuse.

— Vous êtes odieux !

— Allons, je plaisante !

Il avait eu le temps d'apercevoir ses seins, petits certes, mais très mignons. Ils tiendraient parfaitement dans le creux de ses paumes…

— Sérieusement, qu'avez-vous contre Charlie Latimer ? Même si l'homme avait quelques défauts, il jouissait d'une grande notoriété. Rien n'expliquait l'animosité viscérale de la jeune femme à son égard.

— Il a bassement séduit ma mère. Vous n'étiez pas au courant ?

— Je n'écoute pas les ragots. Les relations humaines sont très complexes. Il ne faut jamais juger de l'extérieur.

— Il a abusé de sa faiblesse ! Elle n'était pas obligée de se marier, et encore moins avec lui. Je me serais occupée d'elle.

— Vous êtes très possessive.

— *Protectrice*, corrigea-t-elle.

— Votre mère a peut-être le droit de prendre seule ses décisions, même si elle commet des erreurs… ?

Elle lui jeta un regard assassin.

— En quoi cela vous regarde-t-il ?

— Je vous donne juste mon avis.

— Je n'en veux pas.

— Très bien.

Elle se redressa avec un air digne et lui fit comprendre qu'il lui barrait la route.

— Cela vous dérangerait de me laisser passer ? Et, ne vous inquiétez pas, je vais sortir en souriant. Mais pas avec vous.

— Vous avez tort.

— Dieu sait ce que les gens imagineraient !

— Les femmes vous envieraient.

— Mufle !

Elle semblait réellement furieuse à présent. Ses yeux lançaient des éclairs et Draco ne put s'empêcher de la trouver désirable. Ce petit jeu lui plaisait malgré lui.

— Restez ici, commanda-t-elle.

— Je compte jusqu'à cent ?

Elle haussa les épaules et passa fièrement devant lui. Avant de sortir, elle se retourna et lui jeta un dernier regard, trouble et hésitant.

— Merci !

Draco attendit un peu dans les toilettes tout en se remémorant la scène. Il en avait coûté à Eve de lui dire merci. Mais en fait il ne méritait pas sa gratitude, car il n'avait fait qu'obéir à Josie. Si c'était lui qui l'avait surprise en train de pleurer dans un coin, il se serait enfui en courant… Les débordements d'émotion n'étaient pas son genre.

Lorsqu'il sortit enfin, quelques femmes le dévisagèrent avec curiosité. Ignorant leurs regards surpris, il décolla l'écriteau « Hors-service » improvisé par sa fille avec son rouge à lèvres rose.

— Tout est arrangé, annonça-t-il à la ronde.

# 5.

Draco rejoignit sa fille, assise à une table près de la piste de danse.

— L'écriteau sur la porte était une bonne idée, ma chérie.

— Tout va bien, papa ?

— Oui.

Il esquissa le geste d'ébouriffer ses cheveux, mais elle se leva au même moment.

— Elle est libre, j'ai vérifié.

En dix mois, sa fille avait grandi d'une manière incroyable. L'enfant aux joues roses et rebondies était devenue une adolescente dégingandée, aux jambes immenses. Elle était toujours aussi adorable, mais parfois sa maturité l'inquiétait.

— De qui parles-tu ?

Josie avait un cocktail à la main. C'était la première fois. Il en voulut à Eve. A cause d'elle, il avait relâché sa surveillance. Jetant furtivement un coup d'œil circulaire, il l'aperçut à l'autre bout de la salle, la mine toujours aussi lugubre, comme si elle assistait à une veillée funèbre. Comment s'étonner qu'on se moque d'elle ?

Il prit le verre de sa fille.

— Pas d'alcool, mon ange.

— Tu as vraiment un problème avec la confiance, papa. C'est un cocktail de jus de fruits. Goûte, si tu ne me crois pas.

Il fit une moue dégoûtée.

— Non merci.

— Revenons à Eve.

Le regard pénétrant de Josie le mit sur la défensive. Il n'avait aucune envie d'aborder le sujet avec elle.

Il hocha la tête en direction d'un jeune homme qui s'approchait.

— C'est un ami à toi ? demanda-t-il.

Devant l'expression sévère de Draco Morelli, l'adolescent rebroussa aussitôt chemin.

— Bien joué, papa.

— Quoi donc ?

Josie roula des yeux en pointant l'index sur Eve.

— N'essaie pas de détourner la conversation. Elle est toute seule. Tu devrais aller lui parler. A moins que tu aies peur qu'elle ne te repousse ? Apparemment, beaucoup d'hommes sont paralysés par la crainte d'aborder les femmes.

— Qu'en sais-tu ? dit Draco avec un sourire amusé.

Sa fille lisait sans doute trop de magazines féminins…

— Clare me l'a dit.

Il se rembrunit.

— Depuis quand appelles-tu ta mère Clare ?

— C'est elle qui me l'a demandé. Depuis que je la dépasse en taille, elle a peur de vieillir.

Remarquant tout à coup l'expression de son père, Josie lui toucha le bras.

— Ce n'est pas sa faute, elle n'y peut rien… Certaines personnes sont…

— Totalement égocentriques ? suggéra Draco en fronçant les sourcils.

Il regretta immédiatement sa remarque moqueuse. Après son divorce, il s'était juré de ne jamais dire du mal de son ex-femme devant Josie. Chaque fois qu'il oubliait, il en éprouvait des remords cuisants. Il ne voulait surtout pas ressembler à ces parents qui se servent de leurs enfants pour régler leurs comptes.

— Détends-toi, papa. Tu ne m'apprends rien. Je suis assez grande maintenant pour savoir ce qu'il en est. Donc tu as peur… ? Tu ne l'as pas quittée des yeux de la journée… Si, papa, je l'ai bien vu. C'est la créatrice de La Tentation d'Eve n'est-ce pas ? L'intelligence et la beauté réunies ! En plus, elle te plaît. Alors vas-y…

— Merci de ton autorisation.

— On a parfois besoin de relever des défis, reprit Josie en ignorant son air narquois.

— Avec une fille comme toi, je n'en manque pas.

— Tu ne mérites pas l'enfant extraordinaire que je suis.

Draco se mit à rire, et ressentit une bouffée de nostalgie : le temps passait trop vite ! Quand Josie avait-elle cessé d'être une petite fille ?

— Je suis d'accord avec toi sur ce point, ma chérie.

Il lui pinça gentiment la joue.

— Mais laisse-moi gérer ma vie d'adulte comme je l'entends.

Elle plissa le front.

— Je n'aime pas te voir tout seul. Et je ne serai pas toujours à la maison avec toi, tu sais. En plus, tu ne rajeunis pas.

Avec un soupir, Draco se laissa entraîner par sa fille sur la piste de danse. Eve était déjà partie.

La soirée s'était déroulée avec le faste qui caractérisait Charles Latimer et dans l'entrain général. Josie s'était particulièrement amusée, ce qui mettait du baume au cœur de Draco. Au moins, il n'avait pas totalement perdu son temps… A présent, les premiers convives partaient et Draco s'était permis de s'éclipser à son tour. Il avait de la route à faire : il devait déposer Josie chez sa sœur pour quelques jours. Ancienne top model, elle avait racheté une ferme avec son banquier de mari et menait désormais une vie saine et bucolique, loin des pollutions de la ville.

Draco descendit d'un pas nonchalant les marches du perron. Derrière lui, le manoir élisabéthain brillait de mille feux dans la nuit. Avec des lampions multicolores accrochés dans les arbres, le parc ressemblait à un décor de conte de fées. Il s'adossa au tronc d'un gros chêne pour attendre Josie, qui faisait ses adieux à ses rencontres de la soirée.

Un système de navettes ramenait les gens du village chez eux. Un minibus démarra et trois silhouettes féminines invectivèrent grossièrement le chauffeur avant de se résoudre à attendre le suivant.

Reconnaissant aussitôt les mégères qui avaient provoqué le drame de la salle de bains, Draco se dissimula dans l'ombre. Peu après, Eve sortit en pleine lumière. Elle avait enfilé sur sa robe un caraco de dentelle, boutonné jusqu'au cou, et drapé une étole autour de ses épaules.

Elle jeta un regard à droite, puis à gauche, comme si elle cherchait quelqu'un, et commença à marcher dans sa direction. Sauf qu'elle ne le voyait pas, bien sûr. Mais Draco se plut à l'imaginer.

Il soupira. Cela faisait trop longtemps qu'il était célibataire. Dès qu'il serait rentré à Londres, il contacterait la jeune et jolie attachée parlementaire qu'il avait rencontrée à un dîner. Discrète mais ambitieuse, elle avait un emploi du temps très chargé et un plan de carrière qui lui interdisait de s'encombrer d'une vie sentimentale. Exactement ce qu'il lui fallait.

— Regardez. V-voilà E-E-Eve !

Draco sut immédiatement d'où venait cette voix moqueuse. Les trois sorcières malveillantes riaient à présent, fières de leur plaisanterie. Cela déclencha instantanément la colère de Draco. Sortant de l'ombre sans réfléchir, il rejoignit Eve en deux enjambées. Puis, sans un mot, il l'attrapa par le bras et la plaqua contre lui.

Son corps doux et chaud s'emboîtait merveilleusement contre le sien.

Trop choquée pour crier, Eve dévisagea Draco avec effroi. Elle ne put réprimer un petit gémissement d'impuissance, et se raidit lorsqu'il l'enlaça par la taille d'une manière possessive, comme si elle lui appartenait.

— Que faites-vous ?

L'esprit de la jeune femme se révolta, mais son corps réagit tout autrement. La proximité de Draco l'enivra. Une chaleur brûlante parcourut son corps tandis qu'un léger vertige la saisissait. Elle se sentait totalement subjuguée par le magnétisme de cet homme. Bien vite, elle ne tenta même plus de résister.

A quoi bon livrer une bataille perdue d'avance ? Elle s'abandonna contre lui, soudain épuisée. C'était terriblement ennuyeux de l'admettre, mais elle n'avait qu'une envie, obsédante : connaître le goût de ses baisers.

Il se pencha pour effleurer sa joue du bout des lèvres, sans la quitter des yeux. Electrisée par ce contact, Eve tressaillit et s'agrippa à son bras. Elle était comme hypnotisée. La bouche collée à son oreille, il lui murmura d'un ton suave :

— Je vais vous embrasser. Vous voulez bien ?

*Non...* Il suffisait de prononcer un simple petit mot de trois lettres. Ce n'était pas difficile.

— On risque de nous voir, chuchota-t-elle à la place.

— Justement, c'est fait exprès. Alors taisez-vous, *cara*.

Son ton autoritaire l'indigna et la fit sortir de sa léthargie.

— Lâchez-moi...

Mais elle avait protesté faiblement, pour la forme, comme pour se déculpabiliser.

« Assume tes responsabilités, Eve. Tu en meurs d'envie. »

— Qu'est-ce qui vous prend, Draco ?

Elle n'aurait pas dû l'appeler par son prénom. Cela sonnait beaucoup trop intime.

— Détendez-vous et ne vous débattez pas. Nous avons un public. Je vais une bonne fois pour toutes faire taire ces affreuses péronnelles.

Il lui caressa la joue.

— Ne regardez pas, ayez l'air naturel…

— De toute façon, je me moque de ce qu'elles pensent ! Mais quelle victoire, de leur clouer le bec !

— Ah oui ? Eh bien pas moi… Et je dois bien avouer que cette histoire tombe à pic. J'ai envie de vous embrasser depuis ce matin, susurra-t-il.

A ces mots, un frisson la parcourut. Une onde de désir gagnait ses reins, son bas-ventre, et faisait frémir la pointe de ses seins.

— Cela semble si loin…, murmura-t-elle d'une voix à peine audible.

Il ne la laissa pas terminer sa phrase. Ses lèvres chaudes vinrent se poser sur les siennes. Au début, il se contenta de petits baisers doux, mais très vite sa langue vint explorer sa bouche. Eve se laissa aller à ce baiser, y goûtant avec une volupté non dissimulée. Lorsque, à bout de souffle, ils se détachèrent l'un de l'autre, elle avait les jambes en coton et le sentiment que le sol tanguait. Elle fut sur le point de se jeter de nouveau sur la bouche de Draco, prise d'une irrésistible envie de prolonger ce moment. Mais elle se ressaisit soudain, se rappelant que leur baiser n'avait rien de spontané.

— Vous êtes content d'avoir accompli votre bonne action de la journée ? dit-elle dans un souffle en essayant de se calmer.

Draco ne répondit pas. Au lieu de cela, comme s'il avait entendu sa prière muette, il se pencha de nouveau sur elle et l'embrassa encore.

Cette fois, son baiser était fougueux, presque sauvage. Eve éprouva une excitation vive, mêlée de peur. Cet homme était un véritable prédateur, et elle était une proie vulnérable entre ses mains. Au lieu d'apaiser son désir, cela le décupla.

Elle se cambra et sentit le sexe dur de Draco contre son ventre. Cela acheva de lui faire perdre la tête. Sans plus de retenue, elle se colla à lui en réprimant un petit cri d'impatience. Puis, tout en continuant de prendre sa bouche avec passion, Draco se mit à la caresser. A travers sa robe, il promena une main le long de sa cuisse tandis que l'autre remontait vers ses seins.

N'importe qui pouvait les voir, mais cela lui importait peu. Elle ne pensait plus à rien d'autre qu'au désir palpitant qui la transportait tout entière. Se hissant sur la pointe des pieds pour mieux lui rendre ses baisers, elle enfouit les doigts dans ses cheveux et pressa fébrilement son visage contre le sien.

Eve embrassait maintenant Draco avec une ardeur qui la surprenait elle-même. Il vacilla et faillit perdre l'équilibre quand elle tira sur sa chemise pour passer les mains dessous et sentir la peau de son torse. Que lui arrivait-il ? Jamais elle ne s'était comportée ainsi !

Elle sentit les mains de Draco lui enserrer les poignets, et les sortir de sous sa chemise. Doucement, il s'écarta d'elle.

— Je pense que notre démonstration a été efficace…

« Oh, mon Dieu ! Oh, mon Dieu ! »

Tremblante, effarée, Eve regarda dans une sorte de stupeur Draco remettre de l'ordre dans sa tenue.

— Ça va ? lui demanda-t-il avec une pointe de remords dans la voix.

Elle se sentit tout à coup terriblement fragile et vulnérable.

Elle recula lentement, de plusieurs pas. Puis, relevant le menton, elle se composa une expression dédaigneuse.

— Je n'irai pas plus loin dans ce petit jeu. Je n'ai rien à prouver à personne.

— Oh ! J'en suis sûr, *cara*. Sachez tout de même que vos amies sont parties parfaitement convaincues.

Le feu aux joues, elle riposta avec aigreur :

— Arrêtez de m'appeler *cara*. C'est totalement ridicule. Et vous n'aviez pas besoin d'en faire autant.

— C'est vous qui vous êtes laissé emporter, me semble-t-il.

Une lueur brilla au fond de ses yeux noirs.

— J'aurais volontiers succombé, ajouta-t-il.

Il jeta un coup d'œil par-dessus son épaule.

— Malheureusement, Josie va arriver d'une minute à l'autre.

Eve secoua la tête, confuse et gênée.

— Ce n'était qu'un baiser.

— Vraiment, *cara* ? Eh bien, si ce n'est qu'un avant-goût, je suis très impatient d'aller au bout de l'expérience.

La réplique moqueuse de Draco acheva de l'humilier.

— Il n'y aura jamais rien entre nous !

Elle tourna les talons, mais la vision de la mine amusée de Draco la poursuivit. Il se croyait irrésistible et ne la prenait pas au sérieux ? Il allait voir qui elle était !

# 6.

Eve regarda d'un air désolé le tableau de bord de sa voiture. La jauge d'essence clignotait. Depuis combien de temps ? Sans doute depuis son départ de Brent Manor ! Mais elle avait été si préoccupée, et ce genre de détail ne l'intéressait guère… Si au moins elle avait pu voir sa mère avant de partir, elle ne serait pas dans cette situation ! Sarah lui aurait formellement interdit de conduire dans l'état de nervosité dans lequel elle était.

Elle aurait peut-être protesté, mais elle aurait obéi. Parce que les mères responsables donnent toujours des conseils avisés à leurs enfants. Mais Charles Latimer avait déjà emmené Sarah en voyage de noces quand elle avait pris le volant.

Eve renifla en s'apitoyant sur son sort. C'était plus facile de blâmer son nouveau beau-père que de se faire des reproches à elle-même… Elle résolut de marcher jusqu'au virage suivant et sortit du véhicule. Elle était peut-être tout près de la route nationale. Quelqu'un proposerait de l'aider ou l'emmènerait jusqu'à un endroit où il y avait du réseau.

Elle essayait de nouveau de téléphoner quand un bruit de moteur, au loin, lui arracha un soupir de soulagement. Puis, tandis que les phares aveuglants se rapprochaient, une vague appréhension la saisit. Au cinéma, elle serait la victime idéale dans la scène du meurtre. En tout cas, c'était toujours le moment où elle avait envie de crier quand elle regardait un film.

Elle inspira profondément. Dans la vraie vie, la plupart des gens n'étaient pas de dangereux psychopathes. En outre, elle n'avait pas l'intention de monter dans la voiture d'un inconnu. Elle demanderait juste au conducteur de contacter le garagiste le plus proche pour la dépanner… Oui, c'était la solution la plus raisonnable.

La grosse voiture freina et Eve, le cœur battant, ralentit le pas en essayant de ne pas s'affoler. Le Surrey n'était pas une contrée sauvage, ni un repaire de brigands…

— Vous êtes complètement folle !

Elle reconnut aussitôt la voix, de celles qu'on n'oublie pas. Son ventre se noua, et elle frémit de tout son être. Draco ! Immédiatement, le souvenir du baiser fou envahit son esprit. Mais elle le refoula vigoureusement pour tenter de se concentrer sur le moment présent.

Finalement, elle aurait peut-être préféré affronter un maniaque ou un assassin…

Eblouie, elle leva la main devant les yeux tandis que Draco coupait le moteur. Puis il descendit pour lui ouvrir la portière.

Il était visiblement furieux. Eve se raidit. Un sort s'acharnait décidément à la mettre en présence de cet homme. Cela tournait à la malédiction.

— Que faites-vous ici ? lança-t-elle d'un ton bravache — parfaitement déplacé vu les circonstances, elle s'en rendait bien compte !

Elle éprouvait malgré elle une attirance fulgurante pour cet homme, et s'en voulait de ne pouvoir maîtriser ses pulsions. Comment pouvait-il la mettre dans un tel état, par sa simple présence ?

— Je passais par là… ? railla-t-il.

Mais son visage fermé et accusateur ne plaisantait pas. Elle s'insurgea.

— Vous m-me s-suivez ?

Malgré sa volonté d'afficher une indifférence amusée, elle bégayait lamentablement.

Mais elle avait des excuses. L'idée d'être poursuivie par ce don Juan n'aurait rassuré personne, surtout après le baiser qu'ils avaient échangé — peut-être était-il dangereux ?

— Si je vous suivais avec une idée en tête, vous me rendriez les choses singulièrement faciles.

— Vous me traitez de fille facile ?

« Pourquoi ne tiens-tu pas ta langue ? » se reprocha-t-elle.

— Non, ce n'est pas le terme qui convient… Inconsciente, en revanche, vous irait comme un gant !

Draco se retourna pour essayer d'évaluer la distance depuis l'endroit où il avait vu une voiture sur le bas-côté. Au moins huit kilomètres… Il ne passait presque personne sur cette petite route de campagne. Lui-même ne l'aurait pas empruntée s'il n'avait pas déposé Josie chez sa sœur. Que serait devenue Eve, sans lui… ?

— Vous êtes une vraie calamité, reprit-il en la fixant droit dans les yeux. Montez.

— Non merci, ce n'est pas la peine. Je ne veux pas vous importuner. Mais, si vous pouviez prévenir un garage… Je suis tombée en panne en prenant un raccourci.

Haussant les sourcils, il sortit son téléphone de sa poche. Cette femme méritait qu'il l'abandonne ici en pleine nuit. Mais il n'en ferait rien, évidemment. Malgré son irritation, il se sentait irrésistiblement attiré par ses grands yeux et sa jolie bouche. Cela n'avait d'ailleurs rien de mystérieux. En l'embrassant, il avait découvert une nature passionnée, qui avait réveillé en lui un désir brûlant qu'il n'avait pas souvent éprouvé.

— Vous avez entendu parler de l'invention du portable ? lança-t-il en exhibant le sien.

Il était très agacé par son attitude irresponsable, mais

les petites boucles cuivrées qui encadraient le visage de la jeune femme lui donnaient un air vulnérable qui l'attendrissait malgré lui.

— Vous avez entendu parler des zones blanches ? rétorqua-t-elle avec humeur. Il n'y a pas de réseau ici !

Draco rangea son téléphone en fronçant les sourcils.

— Montez ! répéta-t-il en forçant la voix pour masquer ses émotions contradictoires.

Eve l'horripilait et l'émouvait tout à la fois. En dépit de son physique frêle et délicat, elle était effroyablement agressive.

Ou elle s'efforçait de donner le change.

— Vous préférez marcher ? ajouta-t-il d'un ton sarcastique. Vous attendez un serial killer ? Ou un bus ?

Elle le foudroya d'un regard méprisant. Comme elle, il s'était changé. Son jean soulignait ses hanches étroites et ses cuisses musclées. De nouveau, des pensées sensuelles vinrent brouiller l'esprit d'Eve. La gorge nouée, elle chercha désespérément une réplique, mais Draco la devança.

— Dépêchez-vous, Eve. J'ai mieux à faire que perdre mon temps à discuter sur le bord d'une route.

Ne comprenait-il pas ? Si elle montait dans cette voiture, à ses côtés, elle ne répondrait plus de rien. Son attirance pour lui était si forte qu'elle avait peur de se ridiculiser en se jetant à son cou. Elle n'avait pas envie de reproduire l'attitude éperdue qui l'avait tant humiliée plus tôt dans la soirée !

— Merci, mais comme je vous l'ai dit, vous pourriez…

Devant son expression implacable, elle capitula. Ce n'était pas la fin du monde. Elle acceptait juste de monter dans sa voiture. Que risquait-il de lui arriver ?

Elle repoussa une boucle qui lui tombait devant les yeux. Son chignon s'était partiellement défait quand elle avait soulevé le capot pour regarder le moteur. Elle sentait ses cheveux voleter dans les airs, bouclant probablement à vue d'œil…

— C'est très gentil à vous…

Elle s'arrêta brusquement de parler, le cœur battant, en croisant le regard de Draco. Il la dévisageait avec une intensité gênante.

— Je ne suis pas gentil.

Elle détourna la tête, incapable de répondre.

Draco se pencha pour retirer la veste posée sur le dossier du siège et la jeter sur la banquette arrière. Eve sursauta quand il toucha son épaule. Ce simple contact suffit à l'électriser.

Elle se força à respirer calmement pour remettre un peu d'ordre dans son esprit confus.

Puis Draco alluma le moteur et un air de jazz s'éleva dans l'habitacle. Eve poussa un soupir de soulagement. Elle n'aurait pas à faire la conversation.

Mais il éteignit la radio.

Au bout de quelques minutes, il rompit le silence.

— Vous ne boutonnez pas votre veste ?

Sans savoir pourquoi, cette remarque l'agaça. Par pur esprit de contradiction, elle ouvrit davantage sa veste en s'éventant de la main.

— Pourquoi ? J'ai chaud.

Elle se tourna vers lui d'un air perplexe quand il se mit à rire.

— Je ne vois pas ce qu'il y a de drôle.

— Pour une femme qui a lancé sa propre ligne de lingerie, vous ne faites pas vraiment honneur à vos créations.

Quand elle comprit enfin l'allusion, elle ramena furieusement les pans de sa veste sur sa poitrine : il l'avait tant et si bien observée qu'il avait remarqué qu'elle ne portait pas de soutien-gorge.

— Je… J'ai subi une petite intervention chirurgicale. La bretelle frotte sur la cicatrice.

— Sans gravité, j'espère ?

— On m'a juste enlevé un grain de beauté, en Australie.

Il lança un regard dans sa direction.

— Avec une peau comme la vôtre, il faut au moins un indice de protection cinquante.

— Merci du conseil. Je ne suis pas stupide.

Son visage au teint translucide était discrètement parsemé de taches de rousseur.

— Les statistiques sont formelles, reprit-il. Avec votre carnation…

— Les gens qui citent constamment des chiffres sont mortellement ennuyeux.

Il ne se laissa pas démonter.

— Je ne les cite pas, je les invente. Personne ne voit la différence et j'ai l'air plus intelligent et mieux informé que tout le monde.

— Sérieusement ?

— Absolument. Vous devriez essayer.

Désarçonnée par la manière dont il avait déjoué sa tension, elle éclata de rire.

— Je n'y manquerai pas, dit-elle. Dès que je serai à bout d'arguments dans une discussion.

— Il faut rester crédible, et croire à ce qu'on raconte.

— C'est-à-dire mentir avec conviction.

— Cela va sans dire…

Comme ils approchaient de l'endroit où elle habitait, elle lui donna quelques indications pour arriver dans sa rue, avec un immense soulagement. Enfin, ce trajet touchait à sa fin ! Elle aurait bientôt oublié toute cette aventure. De toute façon, les hommes comme lui ne l'intéressaient pas. Tout était allé de travers au cours de cette journée maudite, jusqu'à ce baiser extravagant mais finalement sans importance.

— Eh bien, merci.

— Je vous raccompagne jusqu'à votre porte.

— Ne prenez pas cette peine. Regardez, j'ai ma clé…

Elle plongea la main dans la poche de son sac, mais sans rien trouver…

— Elle doit bien être quelque part…

Quelques minutes plus tard, après avoir entièrement vidé son sac deux fois, elle dut se rendre à l'évidence. Elle regarda Draco, muette de désespoir.

— Vous avez perdu vos clés… Cela arrive, lui murmura-t-il d'un ton apaisant.

— Je ne comprends pas…

Elle se remémora le fil des événements, avant d'enfouir le visage dans ses mains avec un grognement.

— Oh, mon Dieu ! J'ai laissé mon trousseau sur le contact !

— Ce n'est pas si grave.

— C'est moi qui suis dehors, pas vous.

— Vous avez peut-être un double chez des voisins ?

— Oui, mais…

Elle secoua la tête.

— Ils ont un bébé et James travaille la nuit. Je ne peux pas réveiller Sue à cette heure-ci. Elle est épuisée après une dépression postnatale…

Elle n'arrivait pas à croire à cette série de déconvenues qui s'étaient accumulées tout au long de la journée, et dont Draco avait chaque fois été le témoin.

— Cela ne vous dérangerait pas de me déposer à un hôtel ?

Machinalement, elle ouvrit son poudrier et le referma aussitôt. « Il y a des moments où il vaut mieux ne pas savoir de quoi on a l'air. »

Même si elle gardait la tête haute, elle se sentait au bord des larmes. Elle tourna la tête vers Draco, consciente de lui devoir beaucoup : il lui avait sauvé la mise à plusieurs reprises ce soir, et elle venait de lui demander une nouvelle faveur. Draco la regardait d'un air impénétrable, sans mot dire.

— Je vous casse les pieds…, déclara Eve.

Sur son visage, de l'exaspération se peignit, suivie immédiatement d'un air résigné.

— Oui, répondit-il sèchement.

Il redémarra néanmoins.

Eve serra les dents. Cet homme était si désagréable qu'elle pouvait oublier ses remords ! Après l'épisode des clés, elle vérifia subrepticement la présence de sa carte bancaire dans son portefeuille.

Heureusement, le trajet jusqu'à Londres ne durait pas très longtemps, et Draco resta silencieux, ce dont elle lui fut infiniment reconnaissante. De temps à autre, elle ne pouvait s'empêcher de glisser un regard sur son profil, éclairé par les phares des voitures.

Eve ne reconnut pas le quartier où ils arrivèrent, tranquille et élégant. Draco se gara devant un immeuble géorgien, sur une place plantée de grands arbres. C'était sans doute très cher, mais tant pis.

Elle défit sa ceinture de sécurité.

— Parfait. Désolée de vous avoir importuné…

Elle se tut. Draco était déjà descendu.

Il ne supportait plus l'atmosphère tendue qui s'était installée entre eux. Son côté cynique lui faisait penser qu'Eve le provoquait délibérément en lui jetant constamment ces regards sensuels et furtifs. Mais son instinct lui indiquait tout autre chose : cette femme ne se rendait absolument pas compte de son pouvoir de séduction. Sous des abords hautains et inaccessibles, elle était incroyablement pure. Il la sentait d'autant plus dangereuse qu'elle était incapable de ruse. Du coup, il ne savait pas comment se comporter. Elle ne rentrait dans aucune catégorie.

Elle le rattrapa sur les marches du perron et sembla

comprendre où ils étaient seulement quand il mit la clé dans la serrure.

— Ce n'est pas un hôtel…

Il esquissa un sourire narquois.

— Il est tard, je suis fatigué et vous aussi…

Il la détailla de bas en haut, en s'attardant sur la pâleur de son visage.

— Vous avez une mine épouvantable.

— Vous n'êtes pas très séduisant non plus.

Eve réalisa que sa réponse était stupide et puérile, mais trop tard. En plus c'était faux. Ses cheveux en bataille et la barbe naissante qui ombrait ses joues ajoutaient encore à son charme dévastateur.

Il tenait la poignée de la porte et les yeux d'Eve se posèrent sur ses belles mains, fermes et puissantes. Elle détourna aussitôt le regard, les joues en feu. Il n'était pas question de pénétrer dans cette maison.

— Vous auriez dû me consulter, avant de m'emmener chez vous.

Passer la nuit sous son toit l'emplissait d'une peur irrationnelle. Elle se sentit soudain exposée, vulnérable — comme si elle doutait de pouvoir répondre d'elle-même si elle restait une minute de plus au contact de Draco.

— Appelez-moi un taxi ! ordonna-t-elle, affolée.

— *Madre di Dio !* s'exclama-t-il, excédé.

Eve fut surprise de l'entendre jurer de la sorte. Draco parlait un anglais tellement parfait qu'elle avait oublié son origine italienne. Mais son tempérament latin refaisait surface. Il bouillonnait.

— Faites comme bon vous semble ! explosa-t-il. Passez la nuit à l'hôtel si vous voulez, mais épargnez-moi cette comédie. Appelez-le vous-même, ce taxi.

— Absolument, c'est ce que je vais faire !

Au moment où il entra et alluma le vestibule, la panique d'Eve se dissipa d'un coup. Pleine de remords, elle se vit soudain à travers les yeux de Draco. Elle ne s'était vraiment pas montrée à son avantage, pendant cette journée.

Une série d'images lui traversèrent l'esprit. Les échantillons de sous-vêtements éparpillés, ses sanglots dans les toilettes entrecoupés de confidences... Et, pour finir, elle s'était couverte de honte en se jetant sur lui avec indécence, alors qu'il l'avait embrassée uniquement pour la tirer d'embarras. Comme si cela ne suffisait pas, il avait dû voler à son secours dans la campagne profonde du Surrey.

Elle prit une profonde inspiration et le suivit à l'intérieur.

— Je suis désolée, vous avez raison. Tout cela est ridicule. Vous savez, je ne suis pas comme cela d'habitude...

— C'est-à-dire ?

— Eh bien, je ne suis pas telle que vous m'avez vue aujourd'hui. Je ne fonds pas en larmes à la moindre occasion et, en principe, je me débrouille très bien toute seule.

— Ne vous punissez pas davantage en ce cas, et acceptez simplement que je vous héberge cette nuit.

Elle hésita un instant, puis finit par hocher la tête.

— Merci...

Il ne devait pas manquer de chambres d'amis dans cette immense et splendide demeure, typiquement géorgienne, avec un très bel escalier en pierre qui desservait les trois étages.

— Cela ne dérangera personne, j'espère ?

Elle guettait la porte du fond, comme si elle s'attendait à voir surgir une armée de domestiques.

— Il n'y a que vous et moi ici. Qu'y a-t-il ? Vous avez peur d'être seule avec moi ?

— Ne soyez pas stupide.

Pourtant, sa raison lui hurlait de s'enfuir en courant. Pourquoi avait-elle capitulé ? Elle avait cédé trop facilement à l'invitation de Draco. Qui n'en était d'ailleurs pas une, car il l'avait mise devant le fait accompli.

Elle-même n'était pas très sûre de ses motivations.

Son choix résultait-il d'une réflexion raisonnée ou d'une pulsion charnelle ? Leur baiser passionné ne cessait de lui revenir en tête, et son intuition lui soufflait que Draco en avait parfaitement conscience.

Avait-il des intentions cachées ?

Et elle ?

— Vous n'avez pas de domestiques ? demanda-t-elle.

— Pas à demeure, non.

— Ni de cuisinière, comme ma mère ?

Une pointe de défi avait percé dans sa voix. Dans sa tête, elle appartenait à la catégorie des domestiques, même si cela n'avait aujourd'hui aucune raison d'être — mais elle ne put s'empêcher de prendre un air belliqueux en regardant cet homme immensément riche.

Il la considéra d'un air perplexe, avant de hausser les épaules.

— Je ne comprends pas pourquoi vous me parlez d'elle. Je ne juge pas les gens sur leur métier. Et je n'attache pas non plus d'importance au milieu social.

Elle baissa les yeux, soudain mal à l'aise.

— Vous nourrissez peut-être un idéal égalitariste, mais vous seriez sans doute moins tolérant si votre fille vous annonçait qu'elle voulait épouser un ouvrier.

— Un ouvrier ou le prince Harry, ce serait pareil pour moi : elle n'a que treize ans ! Pourquoi êtes-vous si agressive ?

Il ouvrit une porte lambrissée, sur sa droite, et la fit entrer dans un salon imposant, avec une cheminée en marbre et de belles gravures originales accrochées au mur. La décoration mélangeait les styles avec goût, des meubles anciens côtoyaient des canapés ultramodernes.

Draco se dirigea vers un coffre et en sortit une bouteille et un verre.

— J'ai une gouvernante à plein temps, Mme Ellis, expliqua-t-il. Elle supervise les autres employés et j'ai aussi un chauffeur.

— Je vois. Vous vivez très simplement.

Il se servit un cognac.

— Excusez-moi. Vous voulez boire quelque chose ?

— Oui, avec plaisir. Vous habitez ici depuis longtemps ?

— Depuis l'an dernier. Avant je partageais mon temps entre Londres et l'Italie, mais ma sœur a épousé un Britannique et sa fille, Kate, a le même âge que Josie. Elles fréquentent la même école.

Il s'interrompit.

— Cela vous intéresse vraiment ? En fait, vous êtes en train de vous demander si je vais vous faire des avances.

Elle sentit le feu lui monter aux joues, et un frisson brûlant lui parcourir le dos. Elle porta le verre qu'il lui avait servi à ses lèvres pour se donner une contenance.

— Rassurez-vous, je me pose la même question, reprit-il.

Comme elle s'apprêtait à protester avec indignation, il se mit à rire.

— Allons, je vous taquine.

Eve toussota. L'alcool lui piquait les yeux mais diffusait en elle une sensation de chaleur agréable.

— Vous avez un humour étrange, dit-elle.

— Et vous êtes charmante… même si vous ne faites pas honneur à vos créations vestimentaires, continua-t-il d'un ton badin.

Elle choisit de ne pas répondre à sa provocation.

— Il se fait tard, dit-elle en jetant un regard circulaire dans la pièce.

— Je vous montre le chemin.

Eve le suivit, prenant garde à ne pas le frôler, à ne pas le regarder. Elle baissa les yeux et cessa de respirer quelques instants.

Puis, se ressaisissant, elle se redressa et releva la tête. C'était complètement ridicule ! Elle n'allait pas s'enflammer à son contact !

A la suite de Draco, elle emprunta un escalier, déterminée à ignorer les battements frénétiques de son cœur.

Sur le palier, sans se retourner, il pointa du doigt le couloir de droite.

— Je dors de ce côté. Les chambres d'amis sont dans la direction opposée. Choisissez celle qui vous plaît. Sauf peut-être les deux dernières. Clare occupe celle du fond quand elle passe la nuit ici et ma mère a laissé quelques affaires dans l'autre.

Il surprit son regard.

— Clare est mon ex-femme.

Apparemment, ils restaient en bons termes, songea Eve. Jusqu'à quel point exactement ?

— Non, nous ne couchons pas ensemble.

Comment faisait-il pour lire dans ses pensées ?

# 7.

— Rassurez-vous, je ne suis pas télépathe, lui dit-il en souriant, avant même qu'elle ne lui pose la question.

Draco pouvait lire le visage d'Eve comme un livre ouvert. Elle semblait ne mettre aucun filtre entre son ressenti et le monde extérieur. Depuis qu'il l'avait rencontrée, il avait pu admirer toute la palette des émotions humaines se peindre sur ses traits. Cela le touchait infiniment. A l'inverse, ses airs rebelles et sa manière de monter au créneau en permanence l'exaspéraient. Ces sentiments contradictoires le laissaient perplexe. En réalité, Draco était intrigué par cette femme. Au moment où Eve s'apprêtait à prendre congé, il décida de reprendre leur discussion là où ils l'avaient laissée auparavant.

— Donc, vous n'êtes pas vraiment la femme que j'ai rencontrée aujourd'hui, celle qui a besoin d'une épaule pour pleurer et d'un sauveur pour la tirer d'embarras ?

Elle secoua la tête, visiblement méfiante.

— Non.

— Alors qui êtes-vous réellement ?

Durant un bref instant, elle eut l'air décontenancé par sa question. Il put lire du trouble dans son regard, mais elle haussa les épaules avec un certain aplomb.

— Ecoutez, je suis quelqu'un de stable et de sérieux…

— Stable et sérieux… Vous voulez dire que vous n'aimez pas vous divertir ?

Il s'amusa de voir des éclairs passer dans les yeux

d'Eve. La manière dont il l'avait questionnée, à la fois enjôleuse et provocatrice, ne pouvait manquer de la faire sortir de ses gonds. Draco prenait un malin plaisir à tester les limites de cette jeune femme farouche, candide et terriblement attirante lorsque la colère faisait frémir ses lèvres. Mais, à sa grande surprise, Eve ne se démonta pas et le regarda même avec un mépris souverain.

— Nous n'avons sans doute pas la même conception de l'existence, fit-elle d'un ton mordant.

Draco possédait en général un self-control à toute épreuve. De toute façon, ce que les autres pensaient de lui ne l'atteignait pas et cela ne lui coûtait aucun effort de garder son calme. Mais, sans qu'il sache pourquoi, la remarque d'Eve toucha une corde sensible. Elle le prenait pour un homme léger, inconsistant et suffisant — il en eut l'intime conviction à la manière dont elle le toisait. Ebranlé, il rétorqua avec amertume :

— Oh ! Nous avons pourtant des points communs, *cara*.

A ces mots, il se remémora leur baiser, la fébrilité d'Eve lorsqu'elle avait glissé ses mains sous sa chemise, ses gémissements, son impatience… Elle ne pouvait nier cela !

Comment interpréter ses paroles ? se demanda Eve. Simple constat ou invitation à peine voilée ? Les yeux rivés à ceux de Draco, elle sentit soudain sa volonté l'abandonner totalement. De nouveau, son corps semblait réagir de manière autonome, anesthésiant totalement sa pensée.

Elle ne recula pas lorsqu'il avança d'un pas, avec arrogance et virilité. Quelques minutes plus tôt, elle l'aurait repoussé dédaigneusement. Mais, pour des raisons assez mystérieuses, elle n'en était plus capable. Les tempes bourdonnantes, elle passa la langue sur ses lèvres. Draco la fixait avec un regard de prédateur prêt à fondre sur sa proie qui la paralysait.

Draco était désormais si proche qu'il pouvait sentir son souffle et voir les pupilles d'Eve se dilater.

Ah, elle était sérieuse… Vraiment ? Il avait pourtant une furieuse envie de lui montrer quelle place pouvait avoir le plaisir dans la vie. En tout cas, lui n'avait plus envie de lutter contre l'étrange attirance qu'il avait ressentie en la voyant pour la première fois, le matin même.

Sans pouvoir résister plus longtemps à son désir fulgurant, il posa la main sur la nuque de la jeune femme et l'attira vers lui. Quand avait-il éprouvé un tel attrait sexuel pour une femme ? Il ne s'en souvenait pas.

Habituellement, il n'avait pas à se poser de questions avant d'embrasser une femme : elles faisaient généralement le premier pas. Là, il ne savait pas à quoi s'attendre. Elle était tout à fait capable de le repousser. Pourtant, il voyait à ses joues roses, à ses lèvres tremblantes que le trouble la gagnait. Dans ses yeux d'un vert profond, il lut le même désir fou que celui qui le tenaillait.

Il glissa les doigts dans la masse de ses cheveux et acheva de défaire son chignon. De lourdes boucles brunes tombèrent sur ses épaules pâles. Elle lui lança un regard affolé, avant de fermer les paupières. Elle prit une grande inspiration et rouvrit les yeux, avant de lui asséner la phrase qu'il redoutait tant :

— Je ne coucherai pas avec vous.

La bouche sèche, Eve avait eu grand-peine à articuler ces mots — elle avait également du mal à s'en convaincre. Mais elle se l'était promis : le jour où elle déciderait d'avoir des relations sexuelles, ce serait avec un homme qui lui plairait vraiment, qui…

— Très bien, répondit-il simplement.

Il effleura son cou d'une caresse, juste sous son oreille.

Elle essaya de reprendre le fil de ses pensées, mais sans y parvenir. Soudain désemparée, elle secoua la tête et sa joue vint se loger dans la paume chaude de Draco. Un frisson viscéral, irrépressible, la secoua.

Dans un suprême effort pour recouvrer ses esprits, elle ferma les paupières, et Draco déposa sur chacune un baiser très doux, léger comme une brise d'été.

Elle rouvrit les yeux lorsqu'il prit son visage entre ses mains, avec l'impression irréelle de flotter sur un nuage.

— C'est agréable, non ? murmura-t-il.

— T-très…

— Vous êtes très sexy, Eve.

Naturellement, elle n'en croyait pas un mot, même si ce compliment était néanmoins très flatteur dans la bouche d'un homme aussi séduisant.

— Si, je vous assure, murmura-t-il comme si, une fois de plus, il lisait dans son esprit.

Ensuite il l'embrassa, avec une lenteur mesurée, tout en massant l'arrière de sa nuque. Elle entrouvrit les lèvres sous la pression des siennes et il prit possession de sa bouche, en prenant son temps, comme s'il savourait le goût de la découverte. Elle eut l'impression que des étincelles jaillissaient de son bas-ventre.

Elle désirait cet homme avec une violence qu'elle n'avait encore jamais éprouvée. De nouveau, elle ne répondit plus d'elle-même, comme foudroyée par la volupté de leur baiser. Elle se hissa sur la pointe des pieds pour s'offrir davantage.

« Cela te ressemble si peu, Eve… »

La petite voix qui résonnait dans sa tête se trompait. C'était bien elle, cette femme passionnée qui embrassait Draco sauvagement, avec une fougue qui lui donnait le vertige. Il plaqua une main contre ses reins et approfondit encore son baiser, lui arrachant un gémissement de plaisir.

Elle avait à peine conscience qu'ils se déplaçaient, collés l'un à l'autre. Leurs mains cherchaient fébrilement le contact de la peau, sous les vêtements. Eve se laissait entraîner sans réfléchir, gagnée par un besoin primal de prolonger ce corps à corps. A plusieurs reprises, elle se raccrocha à la chemise de Draco pour ne pas tomber. Ils heurtèrent une console, et un vase en porcelaine de Chine se fracassa sur le plancher.

— Oh !

Il serra son visage entre ses mains pour l'empêcher de se retourner.

— Ce n'est rien, murmura-t-il.

Elle dirigea de nouveau ses lèvres vers les siennes. Le monde entier se résumait à son visage et au feu liquide qui coulait dans ses veines. L'univers pouvait bien s'écrouler autour d'eux, elle s'en moquait. Elle et Draco, ici et maintenant. Rien d'autre ne comptait.

Elle tremblait de désir, de tout son être.

Draco la tenait fermement, mais désormais le feu qui couvait dans ses yeux suffisait à la garder prisonnière. Il la tenait captive.

— Tout va bien, dit-il doucement.

La chaude caresse de sa voix grave lui arracha presque un cri, tant elle était chargée de promesses érotiques.

— J'adore ta bouche.

Il en dessina le contour du bout de la langue et elle entrouvrit les lèvres, tentant de capturer sa langue.

Une fois arrivés devant la chambre de Draco, elle était parvenue à défaire les boutons de sa chemise. Il la souleva de terre et la prit entre ses bras. Eve, totalement abandonnée, respira l'odeur enivrante de Draco, le nez enfoui dans son cou.

Il claqua la porte d'un grand coup de pied — ce qui fit tomber un cadre accroché au mur. Sans y prêter la moindre attention, il continua à avancer et déposa Eve sur un somptueux dessus-de-lit de soie.

Draco la contempla un instant. Avec ses yeux brillants et ses magnifiques cheveux cuivrés qui auréolaient son visage rose d'excitation, elle était si belle que Draco dut se faire violence pour ne pas la prendre sur-le-champ. Mais il voulait être sûr de lui donner du plaisir. Il se redressa pour se débarrasser de sa chemise.

Eve essaya de reprendre son souffle alors qu'elle le regardait se déshabiller. L'émotion lui nouait la gorge. Le désir qui la ravageait l'éblouissait et la terrorisait tout à la fois. Mais qu'avait-elle à craindre ? Soudain résolue, elle saisit la ceinture de Draco et le tira vers elle.

Il se laissa aller contre elle avec un sourire. Eve le considéra avec un mélange d'admiration et d'effroi. Il était beau comme un dieu. Son torse sculptural évoquait les chefs-d'œuvre classiques de l'Antiquité grecque, mais sa peau dorée par le soleil le rendait délicieusement vivant.

— Je vais te déshabiller, maintenant, lui dit-il avec douceur.

Elle eut une très légère hésitation, vite réprimée. Comment ne pas succomber à cet homme qui avait toutes les femmes du monde à ses pieds et qui, manifestement, la désirait ?

Eve retint son souffle quand Draco commença de dégrafer son bustier.

— Regarde-moi, Eve.

Comme elle n'osait pas, il s'agenouilla sur le lit à côté d'elle et lui prit le menton pour l'obliger à lever les yeux.

— Tu es belle.

Elle frissonna lorsqu'il pinça la pointe de ses seins dressés à travers l'étoffe. L'intensité de la sensation balaya ses dernières incertitudes.

Sous la pression de sa main, elle retomba sur les oreillers. Ils s'embrassèrent avec une ardeur redoublée.

— Je vais te faire l'amour, *cara*, promit Draco d'une voix altérée. Mais finissons-en d'abord avec tous ces vêtements inutiles.

Elle se laissa faire et apparut bientôt totalement nue sous son regard brûlant et avide. Inlassablement, il caressa chaque centimètre de son corps, éveillant sa sensualité endormie mais toute prête à s'épanouir.

Ses sens s'affolèrent à tel point qu'elle lui jeta un regard implorant.

— Prends-moi ! gémit-elle.

Il se mit à rire doucement, et s'écarta d'elle pour enlever son pantalon.

— Oui, mais, avant, j'ai envie de goûter ton sexe.

Eve sombra dans une sorte d'hébétude.

— Détends-toi, *cara*, chuchota-t-il.

L'intimité et l'audace de ses caresses auraient dû choquer sa sensibilité, mais le plaisir l'emporta. A plusieurs reprises, Draco la mena tout au bord de l'extase.

Lorsqu'à son tour, s'enhardissant, elle tendit la main pour étreindre son membre tendu, il émit un grognement sourd.

— Je vais te prendre, Eve, maintenant.

Elle ouvrit les jambes dans une invitation silencieuse et souleva les hanches à sa rencontre. Une plainte à peine audible s'échappa de sa gorge quand il s'enfonça en elle pour la première fois. Puis, à chacun de ses mouvements, le feu brûlant qui la dévorait s'intensifia.

En parvenant au paroxysme de l'extase, elle poussa un cri de plaisir, auquel Draco répondit presque immédiatement.

# 8.

— Où vas-tu ?
— Prendre une douche et m'habiller.
— Pourquoi t'enroules-tu dans le drap ?
— J'ai peur d'avoir froid.
— Tu ne te caches pas de moi, j'espère ?

Eve sentit qu'elle rougissait, malgré elle.

— Mais non, c'est ridicule.
— En effet. Je connais tout de ton corps.

Aucun détail n'avait échappé à Draco. Il avait même embrassé sa petite cicatrice sur l'omoplate, en lui révélant que la sienne, au coin de la bouche, lui venait d'un accident de ski.

Eve n'avait pas envie de se remémorer ces instants de tendresse qui continuaient à diffuser une douce chaleur dans son ventre.

— Ecoute, ce qui s'est passé cette nuit…

La deuxième fois qu'ils avaient fait l'amour lui avait donné un plaisir encore plus intense. Encouragée par Draco à oublier sa timidité, elle avait osé toutes les audaces, et succombé à toutes les tentations.

— Tu as des regrets ? demanda-t-il un peu sèchement.
— Non, mais aujourd'hui est un autre jour.

Il émit un long sifflement.

— Waouh, quelle pensée profonde !

Vexée, elle se retourna pour lancer une remarque

acerbe mais, au même moment, il s'étira avec des gestes de félin paresseux. Sa beauté virile lui coupa le souffle.

— A propos, comment se fait-il qu'une femme aussi sensuelle et douée pour l'amour que toi n'ait jamais eu d'amant avant moi ? Non que je m'en plaigne…

— Ah, tu t'en es rendu compte…

— Evidemment ! dit-il en éclatant de rire. Il ne t'est pas venu à l'idée de me prévenir ?

— Qu'y a-t-il de si drôle ?

— Tu es… absolument incroyable ! s'exclama-t-il en croisant les mains sous la nuque.

Il l'attrapa par le bras et elle s'assit sur le bord du lit.

— Réponds-moi, Eve. A ton âge, on ne reste pas vierge sans raison.

Plongeant les yeux dans les siens, il tira sur le drap qui tomba en dévoilant sa poitrine menue.

— J'ai été t-trop occupée pour avoir des aventures a-amoureuses.

— Il ne s'agit pas d'amour, Eve, mais de sexe.

Elle baissa la tête pour masquer le mélange de colère et de dépit qui se peignit sur ses traits. Quand elle releva le menton, elle avait retrouvé le sourire.

— Tu n'as pas besoin de me mettre les points sur les i, Draco. Je n'ai aucune illusion.

Il la regarda avec intensité, tout en caressant doucement son épaule dénudée.

— Tu es une femme énigmatique, Eve.

Elle haussa les épaules, cherchant quelque chose à lui répondre. Il lui était difficile d'admettre combien elle avait peur de perdre tout contrôle sur elle-même avec un homme. Bizarrement, avec Draco, c'était différent, moins effrayant.

— J'ai m-monté mon en-entreprise.

— C'est une raison ?

Elle acquiesça.

— Il est pourtant tout à fait possible de mener une

vie sexuelle et de gérer des affaires en même temps, *cara*. Je t'assure.

— Les aventures sans lendemain ne m'intéressent pas, mais je ne tiens pas non plus à m'engager dans une relation à long terme.

Il était sans doute un peu tard pour s'en souvenir, se dit-elle.

— De toute façon, même si j'en avais envie, je n'ai jamais rencontré d'hommes qui partagent mes buts et mes ambitions.

— Eh bien, je suis exactement celui qu'il te faut en attendant de trouver le bon. Tu peux très bien chercher, tout en ayant une liaison avec moi.

— Quelle arrogance !

— Réfléchis-y. Sexuellement, nous nous entendons à merveille. Je suis comme toi, je ne veux pas d'attaches ni de complications sentimentales. Même si tu es réfractaire à l'amour, tu peux te rendre disponible pour vivre une sexualité épanouie.

— Cela me semble…

— Parfait ?

— Non, immoral !

Il se mit à rire.

— Consacre-moi un peu de temps, mon ange, et je saurai te corrompre. Tu as un corps fait pour le péché.

Abandonnant le drap, elle se leva, ramassa ses vêtements en boule et se dirigea fièrement vers la salle de bains.

Quand la porte se referma sur son adorable silhouette Draco poussa un grognement. Les paupières mi-closes, il se remémora l'instant où il avait découvert qu'elle était vierge. Un curieux instinct possessif s'était éveillé en lui, avec l'envie de la protéger. Il était le premier…

Il avait peu de certitudes dans la vie, mais il en possédait au moins une. D'une manière ou d'une autre, Eve reviendrait dans son lit.

Eve arrivait toujours la première au bureau. Elle adorait ces moments de tranquillité où personne ne l'interrompait et où elle pouvait sereinement planifier sa journée et ordonner ses pensées. Ce jour-là, son assistante était déjà arrivée. Elle lui avait gentiment préparé un thé et affichait l'air compassé qui convenait pour évoquer les cérémonies de mariage.

Eve lui annonça d'emblée qu'elle n'avait pas pris de photos.

— Ah bon ? lança Shelley, très déçue. Tu étais probablement trop stressée à la perspective de ce qui t'attend aujourd'hui pour t'amuser.

Cette remarque évoqua irrésistiblement sa conversation avec Draco, ainsi que la nuit torride qui avait suivi. Elle serra l'anse de sa tasse pour ne pas trembler et baissa le visage pour masquer son trouble.

— Je vais juste…

Sur le seuil de son bureau, elle se figea brusquement en fronçant les sourcils.

— Qu'y a-t-il de spécial *aujourd'hui* ?

Son assistante cligna des yeux en vérifiant l'agenda sur sa tablette.

— La date a changé ? C'est bien ce matin que…

Eve eut la sensation de revenir sur terre, éprouvant un choc qu'elle dissimula sous un large sourire. Dieu merci, son calme légendaire ne l'avait pas abandonnée.

— Oui, oui, c'est bien ce matin.

Elle referma la porte en plaquant une main sur son front. *Comment avait-elle pu oublier ?*

Cela faisait six mois qu'elle consacrait tout son temps et son énergie à décrocher ce marché. Elle ne vivait plus que pour cela. Il lui arrivait même de se réveiller en sueur au milieu de la nuit parce qu'elle en rêvait.

Elle jeta un coup d'œil à sa montre. Dans quelques minutes, on lui annoncerait le résultat de la négociation. *Comment était-ce possible ? Cela lui était sorti de la tête !*

Comme disait le proverbe, l'orgueil précédait la chute... Elle était si contente d'elle, ce matin, quand elle était repassée à son appartement pour se changer... Elle était même soulagée. Elle n'était décidément pas comme sa mère et toutes ces femmes qui oubliaient leurs beaux principes dès qu'un homme s'intéressait à elles.

Elle avait découvert la sexualité sans perdre son estime de soi ni s'exposer à toutes sortes de compromis. Elle connaissait maintenant le plaisir, qu'elle avait ressenti avec une intensité dont elle ne soupçonnait pas l'existence en dehors des romans. Jetant au vent toute prudence, elle avait pour une fois donné libre cours à ses pulsions. Quelle libération ! Draco était en outre un merveilleux amant. Ce qui n'enlevait rien à sa détestable arrogance... Au moins, elle ne risquait pas de l'idéaliser.

Sa théorie se confirmait. Ce n'était pas le sexe qui transformait les femmes en esclaves consentantes, mais l'amour. Elle n'avait donc rien à craindre.

Draco ne lui était même pas sympathique. Finalement, peu lui importait de ne pas le revoir. Il avait raison. Cela faisait de lui un amant parfait. Aucune émotion ne compliquerait une liaison fondée uniquement sur le sexe. En outre, elle avait la chance d'avoir rencontré un amant expérimenté... Le souvenir de ses caresses l'égara un instant. Puis elle se ressaisit. Elle n'était pas pressée de renouveler l'expérience et ne chercherait même pas à provoquer l'occasion.

Malgré tout, cette nuit lui avait tourné la tête au point d'oublier le contrat qui la mobilisait depuis des mois... Etait-elle réellement capable de mener de front les affaires et le sexe ?

Eve s'assit en soupirant à son bureau, en essayant de se rasséréner.

Elle avait besoin d'avoir les idées claires. Bientôt on allait lui annoncer le résultat d'un travail acharné, d'heures et de jours à batailler pour offrir une meilleure offre que ses concurrents.

Lorsque le téléphone sonna, elle répondit en s'efforçant de ne pas penser à tous ceux qui avaient essayé de la décourager au nom de la raison et de la sagesse. Le succès pouvait aussi sourire à l'audace et à la jeunesse !

Lorsqu'elle raccrocha peu après, elle tremblait comme une feuille.

Elle avait gagné la partie. Son voyage en Australie avait porté ses fruits. La chaîne de grands magasins implantés dans tout l'hémisphère Sud allait distribuer ses créations.

C'était le moment dont elle avait rêvé, vers lequel elle avait tendu tous ses efforts.

Alors pourquoi ne se sentait-elle pas plus euphorique ?

Une phrase du discours de Charlie Latimer affleura à sa mémoire.

« Le succès n'est rien si on le savoure en solitaire. A présent je suis le plus heureux des hommes puisque je vais le partager avec ma femme. »

Eve n'avait pas applaudi avec les autres. Pourtant, il fallait le reconnaître, il n'avait pas tort.

Qui allait se réjouir avec elle ? Sa mère était en voyage de noces et sa meilleure amie était très occupée dans sa nouvelle vie de princesse, avec la perspective d'une naissance.

Eve refusa de s'apitoyer sur elle-même. « Prends un chat, se dit-elle. Ou un nouvel amant. »

Sauf qu'elle n'avait pas encore rompu avec le premier… Y avait-il d'ailleurs quelque chose entre eux ? La situation était tellement inédite qu'elle avait l'impression de tâtonner dans le noir.

Elle baissa les yeux sur ses mains qui caressaient

distraitement la surface lisse de la table, comme pour retrouver inconsciemment la texture de la peau de Draco.

En se réveillant au milieu de la nuit dans un lit inconnu, entre les bras d'un homme, elle avait failli céder à la panique. Puis, en une seconde, la mémoire lui était revenue et elle s'était raidie. Il s'était réveillé à son tour, et la sentant tendue et pensive, il lui avait murmuré avec le sixième sens qui le caractérisait :

« Que fais-tu ? Arrête de tout analyser et contente-toi de profiter de l'instant. Demain n'existe pas. Il n'y a que toi et moi, maintenant. Ne nous embarrassons pas d'émotions. Caresse-moi… S'il te plaît. »

Ces paroles, pourtant si simples, l'avaient transportée de désir, et lui avaient fait éprouver un sentiment de puissance très satisfaisant.

Elle repoussa sa chaise en soupirant de bien-être. En cet instant précis, elle n'enviait pas du tout le sort de son amie Hannah. Comment aurait-elle envie d'un bébé alors que sa carrière l'accaparait ? D'ici quelques années, peut-être… Mais, pour l'heure, elle découvrait juste le plaisir sexuel, et cela lui suffisait amplement.

Elle aligna soigneusement ses crayons et rangea ses dossiers avant de se lever en chantonnant. Shelley avait fait beaucoup d'heures supplémentaires, ces derniers temps. Elle méritait une récompense. Une invitation au restaurant, par exemple.

— Cela te dirait, Shelley, de manger italien à midi ? demanda Eve en ouvrant la porte de communication.

Elle faillit tomber à la renverse. Draco était assis sur le bureau de son assistante.

Il s'avança à sa rencontre tandis qu'elle s'efforçait de maîtriser sa nervosité. Vainement.

— Mais enfin, que fais-tu ici, Draco ? lui lança-t-elle avec colère.

— Vous voyez, Shelley, elle est ravie de ma visite ! Je vous l'avais dit.

Son assistante gloussa et Eve lui décocha un regard exaspéré. Que dirait son petit ami s'il la voyait flirter comme une collégienne avec le premier venu ?

Evidemment, Draco était content d'avoir réussi son effet.

— Je suis venu t'inviter à déjeuner, annonça-t-il avec un sourire un peu trop familier à son goût.

— Comment as-tu su où je travaille ?

Il sortit une carte de visite.

— Tu l'as oubliée chez moi.

Eve bougonna.

— Je suis occupée.

— Le fournisseur a envoyé un mail pour annuler le rendez-vous de cet après-midi.

— Merci, Shelley, répondit Draco à sa place.

La secrétaire se rengorgea en rougissant. Puis, Draco se tourna de nouveau vers Eve.

— Donc, tu es libre, *cara*.

Comme elle soupirait d'un air excédé, il ajouta :

— Tu aimes la cuisine italienne, apparemment ?

— Elle en raffole, intervint Shelley.

Puis, adressant à Eve un clin d'œil dans le dos de Draco, elle articula silencieusement, en ouvrant grand la bouche : « Il est trop beau, laisse-toi faire ! »

Eve sentit ses joues la brûler.

— Si tu n'as pas le temps de déjeuner avec moi, reprit Draco, nous pouvons parler ici.

Eve s'affola. Professionnellement, Shelley était parfaite, mais sur un plan personnel, elle avait un goût trop prononcé pour les ragots… ! D'ailleurs, celle-ci continuait de se mêler de leur discussion avec une invraisemblable indiscrétion.

— Oh, non ! Invitez-la. C'est son anniversaire, dit son assistante en battant des cils.

Elle ignora délibérément le regard courroucé d'Eve tandis que Draco concluait :

— Voilà qui règle tout. Tu ne peux pas refuser.

Eve préféra éviter une scène devant sa secrétaire.

Intérieurement, elle enrageait, mais elle prit son sac, et indiqua la sortie à Draco — sans pouvoir dire un mot.

Une fois dehors, elle s'écarta ostensiblement pour se soustraire à la main que Draco avait posée sur son dos.

— Nous avons couché ensemble…, s'étrangla-t-elle, incapable de poursuivre.

Elle était consternée par ses propres mots, par le trouble irrépressible qui la gagnait.

Draco demeura imperturbable.

— Je n'ai pas oublié.

Non, il n'avait pas oublié et, même, il s'en souviendrait toute sa vie. Lui, Draco Morelli, toujours si maître de lui, avait pour la première fois perdu complètement le contrôle de la situation. Par une curieuse ironie du sort, cela s'était produit avec une jeune fille vierge.

Finalement, ses premières impressions s'étaient révélées exactes. Maintenant que le choc initial s'était dissipé, l'incompréhension persistait. Comment une femme aussi sensuelle et passionnée avait-elle pu garder aussi longtemps son innocence ? En toute honnêteté, il se jugeait indigne d'un tel cadeau. D'un autre côté, il était flatté de l'initier au plaisir.

Eve lui donnait l'impression de s'accrocher désespérément à une hostilité feinte. Il voyait, dans ses yeux et à la manière dont elle le regardait, qu'elle était aussi ébranlée que lui.

— Cela ne te donne pas le droit d'envahir mon lieu de travail et de flirter avec mon personnel, poursuivit-elle d'un air sombre, et avec une voix mal assurée.

— Un peu de légèreté, Eve, s'il te plaît.

Sa remarque sembla l'irriter davantage et elle haussa les épaules avec humeur.

— C'est ton anniversaire qui te met dans cet état ?

Elle se figea.

— Je suis encore loin de la trentaine.

— Eh bien, voilà qui est rassurant. Sur ce point, tu es parfaitement normale et aussi susceptible que n'importe quelle femme.

Il glissa un index sous son menton pour l'obliger à le regarder.

— Tu as l'air d'avoir dix-huit ans, ce qui est un peu déconcertant, parce que tu réagis la plupart du temps comme si tu en avais quarante.

Elle repoussa sa main avec colère.

— Tu es v-vraiment ch-charmant.

— Tu prends la vie trop au sérieux.

Elle crispa la mâchoire avec un air de profond mépris.

— C'est toute la différence entre toi et moi. La vie est une affaire sérieuse.

Il acquiesça discrètement.

— Avec ses moments de tristesse mais aussi de joie et de gaieté…

Il fit signe à son chauffeur et ouvrit la portière arrière en méditant sur l'étrangeté de cette conversation.

En tout cas, il savait pourquoi il était là. Le sexe, pour lui un plaisir comme un autre, excitait un désir de conquête et il avait envie de cette femme.

Mais cela lui était-il déjà arrivé de bouleverser son emploi du temps pour se lancer dans une entreprise de séduction… ?

Il éluda la question. De toute façon, même si son désir semblait pour le moment insatiable, il finirait par se lasser et se désintéresser. Sa sœur jugeait d'ailleurs très sévèrement sa versatilité.

« Un de ces jours, Draco, tu en auras assez de papillonner. Tu rentreras dans le rang, comme tout le monde. Tu auras besoin de stabilité. »

— C'est une question d'équilibre, *cara*, déclara-t-il en s'installant à côté d'elle à l'arrière de la limousine. On supporte davantage les coups durs si on sait aussi profiter des bons moments.

Il se pencha pour donner des indications au chauffeur, en italien.

— On t'a offert un manuel de développement personnel pour Noël ou tu as trouvé cette maxime dans un cracker ? lança Eve, ironique.

— Mon père est mort brutalement, et nous avons tous été profondément affectés, surtout ma mère. Ce qui la console, c'est qu'il a vécu pleinement chaque jour de son existence. Même s'il n'a rien fait d'extraordinaire, il a su goûter des menus plaisirs, comme une bouteille de vin ou les premiers pas de ses petites-filles.

Penaude, Eve regretta sa remarque cinglante.

— Oh ! Je suis désolée.

Elle s'agita nerveusement tandis qu'il scrutait son expression.

— Tu ne t'amuses pas assez, reprit-il. C'est dommage, parce que tu as un rire charmant. Il me procure la même impression agréable que tes cheveux sur ma peau… A propos, pourquoi coiffes-tu tes cheveux en chignon ? Pour me donner le plaisir de le défaire ?

La gorge d'Eve se serra. Un compliment de Draco suffisait à faire accélérer les battements de son cœur.

— P-parce que c'est plus p-pratique. Mes cheveux me gênent, autrement.

Il s'adossa contre la banquette et la regarda avec cette expression taquine qu'elle commençait à bien connaître.

— Tu es trop stricte et ordonnée.

— C'est un crime ?

— Tu veux mon avis ?

— Non !

Ils arrivèrent devant le restaurant juste à ce moment-là.

— Tu veux vraiment manger ? demanda Draco en la dévorant des yeux.

Elle le fixa avec une expression déconcertée.

— Pas toi ?

Il haussa les épaules, avec un air résigné.

— Eventuellement.

Puis il congédia son chauffeur.

— Merci, Carl. Nous rentrerons en taxi.

Le restaurant était bondé et de nombreux clients attendaient. Eve se réjouit de voir qu'ils ne pourraient certainement pas avoir une table. « Draco Morelli ne peut pas tout obtenir en claquant des doigts..., pensa-t-elle ».

# 9.

Apparemment, elle se trompait. Cinq minutes plus tard, un maître d'hôtel les conduisit diligemment à leur table après s'être entretenu en italien avec Draco.

Quand le sommelier arriva avec le vin, Eve couvrit son verre avec sa main.

— Pas pour moi, merci… je travaille.

— C'est ton anniversaire.

La bataille fut de courte durée. Les chamailleries incessantes commençaient à la fatiguer et il valait mieux garder son énergie pour les points importants.

— Juste un peu, alors.

Elle n'allait tout de même pas continuer à se plaindre alors qu'elle était invitée à déjeuner dans un excellent restaurant par un homme qui était la cible de tous les regards féminins. S'en rendait-il compte ou était-il totalement blasé ?

— Carl est vraiment ton chauffeur ?

Il lui jeta un regard surpris.

— Pourquoi me poses-tu cette question ?

— Ce n'est pas ton garde du corps ?

Il éclata de rire et plusieurs têtes se tournèrent dans leur direction.

— Non.

— Tu n'en as pas ? insista-t-elle, incapable de cacher sa curiosité.

— La meilleure sécurité est celle qu'on ne voit pas.

— Ce n'est pas une réponse.

— Tu n'en auras pas d'autre.

Prenait-il un malin plaisir à l'agacer ? Eve se concentra sur l'assiette appétissante qu'on venait de lui apporter et entama avec entrain son plat de pâtes aux fruits de mer.

— C'est succulent, commenta-t-elle. Au fait, comment as-tu fait pour avoir une table ?

— Je connais le propriétaire.

— Le P-DG de la chaîne ?

Il hocha la tête.

— Oui.

— L'enseigne ouvre des établissements un peu partout aujourd'hui. C'est un vrai succès…

Elle s'interrompit quand le directeur s'approcha.

— Monsieur… Mademoiselle… Vous êtes satisfaits ?

— C'est délicieux, dit Eve.

— Tout est parfait, ajouta Draco.

Eve eut une impression étrange. La déférence presque obséquieuse du gérant lui mit la puce à l'oreille.

— Ce ne serait pas toi le P-DG, par hasard ? demanda-t-elle après son départ.

— Depuis deux ans, répondit-il sans ciller.

Elle fronça les sourcils en tripotant son couteau et sa fourchette. Elle avait du mal à soutenir le regard de Draco sans frissonner.

— Il ne t'est pas venu à l'esprit de m'en informer ?

— Non.

Il mit les coudes sur la table et se pencha.

— Tu as quelque chose de prévu pour ton anniversaire ? Tu rentres chez toi ?

— Je ne me sens nulle part chez moi.

— Tu es vraiment à plaindre. Je comprends pourquoi tu as toujours l'air aussi malheureuse.

Eve se vexa.

— J'ai vécu à Brent Manor p-pendant d-dix ans, mais nous étions simplement logées comme domestiques.

— Cela ne t'a pas empêchée de devenir la meilleure amie de Hannah. Et maintenant, ta mère est la maîtresse des lieux.

Eve s'abstint de tout commentaire. Son amitié improbable avec Hannah Latimer avait connu des hauts et des bas. Au début, elle avait évité le plus possible la fille de la maison, blonde, charmante, souriante, dotée de toutes les qualités et qui fréquentait un prestigieux établissement privé. Elle l'avait détestée dès les premiers instants.

Jusqu'au jour où elle l'avait trouvée en larmes dans l'une de ses cachettes préférées. Elles avaient commencé à s'épancher et à se découvrir de nombreux points communs, bien avant de surprendre la liaison de leurs parents. Toutes les deux haïssaient leur école, où elles étaient persécutées par leurs camarades de classe — pour des raisons différentes.

Draco avait pris un air grave. Sa voix douce la tira de ses pensées.

— Tu sais, par rapport à ta maman justement, j'aimerais te mettre en garde. Les gens se passionnent pour les contes de fées modernes qui racontent l'ascension sociale de personnes d'origine modeste. Ne sois pas surprise si tu lis un jour un reportage sur ta mère dans un magazine people.

— Pourquoi dis-tu cela ? s'écria-t-elle, sur la défensive.

Draco lui saisit une main, et d'une voix encore plus suave, il murmura :

— Quelqu'un a posté une photo de nous sur le Net. Je voulais te prévenir.

Il lui tendit son téléphone. Elle frissonna d'horreur en découvrant la photo, très suggestive, prise le soir du mariage. Elle sentit son estomac se contracter et ses tempes devenir bourdonnantes.

— Une de tes anciennes camarades de classe la leur a fournie, j'imagine.

Eve ferma les paupières un long moment sans rien dire.

— Elle passera peut-être inaperçue, chuchota-t-elle, pleine d'espoir.

Il la détrompa sans ménagement.

— Elle circule déjà partout, et se propage à la vitesse d'un virus.

Scandalisée, Eve releva la tête. Comment pouvait-il énoncer aussi calmement pareille abomination ?

— Il faut arrêter cela !

Comme il secouait la tête, elle ajouta :

— Et si ta fille tombe dessus ?

— C'est sans doute déjà fait.

Il était complètement fou ! Cela ne le choquait donc pas de voir son intimité étalée sur la place publique ?

— Cela me rend malade, murmura-t-elle. Que faire ?

Il haussa les sourcils, comme si sa réaction l'étonnait.

— Rien. Nous ne gagnerons rien à réagir, crois-moi. Il vaut mieux en rire pour garder notre dignité, et nous abstenir de tout commentaire.

Eve eut un rire étranglé. Ils n'avaient pas la même conception de la dignité !

— Si tu y tiens, je peux publier un démenti.

Elle exhala un soupir.

— Merci.

— Ce qui convaincra tout le monde qu'il y a anguille sous roche et décuplera l'intérêt.

Eve serra les dents. Elle avait envie de disparaître.

— Alors ?

— J-je ne s-sais plus, admit-elle misérablement.

— Dans ce cas, je vais prendre une décision tout de suite. Partons d'ici.

— Sans terminer ?

— Je vais t'emmener chez moi et faire ce dont j'ai terriblement envie depuis ce matin, poursuivit-il sans répondre à sa question. Je te promets un cadeau d'anniversaire que tu ne risques pas d'oublier, *cara*.

Il n'avait rien de mieux à proposer pour résoudre leur

problème ? C'était ridicule… Mais sa belle voix grave possédait un étonnant pouvoir de persuasion.

L'atmosphère se chargea d'une tension sexuelle intense, presque palpable. Pendant que Draco la déshabillait du regard, Eve sentit son ventre se creuser de désir.

— Oui…

Ils se levèrent dans un même élan. Draco jeta une poignée de billets sur la table et prit Eve par la main.

— Sortons d'ici.

Après l'amour, Draco resta étendu sur elle, pesant de tout son poids. Eve aimait le sentir encore en elle, avec son souffle chaud contre sa peau, au creux du cou.

Ils étaient allongés, nus, sur le canapé Chesterfield, dans le bureau de Draco. Le désir les avait terrassés à peine sortis du taxi. Ils n'avaient même pas pris le temps de monter dans la chambre.

Le sol était jonché de vêtements arrachés à la va-vite, dans une impatience fébrile. Couchée sur le dos, les bras refermés autour de Draco, Eve reprenait sa respiration, les yeux mi-clos. Un délicieux bien-être pénétrait chaque parcelle de son corps. Elle venait de connaître un plaisir infini, qui la remplissait de bonheur.

— C'est mon plus bel anniversaire, murmura-t-elle.

— Tant mieux. Mais ce n'est pas fini.

Il posa une main sur son sein.

— Malheureusement, je dois partir, protesta-t-elle en riant tout bas.

Elle essaya de le repousser mais il résista.

— Non, grogna-t-il.

— S'il te plaît, Draco.

S'écartant de mauvaise grâce, il ne la quitta pas des yeux pendant qu'elle s'habillait.

Son regard la gênait de moins en moins. Elle n'était plus embarrassée par sa nudité, ni par son léger bégaiement qui la reprenait parfois. Etait-ce bien… mal… dangereux… ? L'intérêt que lui portait un homme comme Draco flattait considérablement son ego.

Tout en boutonnant son chemisier, elle inclina la tête sur le côté en tendant l'oreille.

— Il y a quelqu'un.

— Mais non…

Puis, à son tour, il entendit une porte se fermer, ainsi qu'un écho de voix féminines.

D'un mouvement souple, il se leva et enfila son pantalon.

— Reste ici, c'est plus prudent.

Elle s'affola.

— Tu sais qui c'est ? Faut-il appeler la police ?

— Ne t'inquiète pas, je vais voir.

# 10.

Avant de quitter la pièce, Draco finit de boutonner sa chemise et passa les doigts dans ses cheveux.

Les deux femmes qui se tenaient dans le vestibule avec sa fille ne le virent pas immédiatement lorsqu'il traversa la bibliothèque. Ce fut Josie qui l'aperçut la première.

— Maman est venue me chercher à la sortie de l'école pour faire les soldes, expliqua-t-elle, un peu penaude.

— Bonjour, Clare. Tu es ravissante, comme d'habitude.

Elle s'approcha pour l'embrasser sur les deux joues.

— Toi aussi…

Elle le scruta d'un air sagace, mais il lui lança un regard d'avertissement en montrant leur fille.

— Tu as vraiment l'air en pleine forme, dit-elle avec un sourire complice.

— Mère, fit Draco en se tournant vers Veronica pour l'accueillir.

— Draco, tu ne devrais pas marcher pieds nus, observa cette dernière.

— Qu'est-ce qui me vaut l'honneur de ta visite ?

— Je n'ai pas besoin de motif pour passer chez toi.

Elle s'interrompit, les sourcils froncés, en entendant du bruit.

— Tu n'es pas seul ?

« Ne dis rien, je t'en prie », supplia Eve intérieurement. Elle s'était approchée pour écouter, sur la pointe des pieds, ses chaussures à la main, mais avait malencontreusement heurté un meuble.

— Non.

Elle serra les poings. Etait-il obligé de dire la vérité ?

— Eve, *cara*, viens dire bonjour à Josie.

— Elle connaît Josie ? s'écria la mère de Draco d'une voix soupçonneuse.

A moins de se cacher derrière les rideaux, Eve n'avait guère le choix. Elle jeta un coup d'œil inquiet à son reflet dans un miroir, tout en achevant de remettre de l'ordre dans sa tenue. Le résultat n'était pas probant, mais elle n'eut d'autre choix que de se montrer.

Deux femmes se tenaient à côté de la fille de Draco. La plus âgée avait des cheveux gris mi-longs et dégageait une impression d'énergie et d'élégance discrète. L'autre, blonde aux yeux bleus, portait un fourreau rouge qui mettait en valeur une silhouette parfaite. Avec sa poitrine généreuse, elle aurait pu présenter quelques modèles de La Tentation d'Eve. Elle était superbe.

— Eve !

Avec la spontanéité de l'enfance, Josie se jeta à son cou, puis contempla avec admiration le ruissellement de ses boucles auburn.

— Waouh, tu es très belle avec les cheveux lâchés.

— Merci, répondit Eve, un peu embarrassée.

— Mère, je te présente Eve Curtis, dit Draco en la prenant par le coude. Eve, ma mère, Veronica Morelli.

— Madame Morelli…

— Et voici Clare.

Eve se raidit quand Draco passa un bras autour de ses épaules.

— Je suis son ex-femme, expliqua la jeune femme blonde avec un sourire sympathique. Je suis ravie de vous rencontrer, Eve. Pourquoi la caches-tu, Draco ? Vous vous connaissez depuis longtemps, tous les deux ?

— Hier matin, répondit Draco sur un ton évasif.

— D'accord, cela ne me regarde pas, répliqua Clare.

— Je dois retourner au bureau, intervint Eve abruptement.

— Au bureau ? s'enquit Veronica.

— Eve dirige sa propre entreprise, mère.

— Oh ?

Veronica Morelli changea aussitôt d'attitude. Elle lui jeta un regard empreint de respect et de sympathie.

— Nous prendrons le thé ensemble, un de ces jours prochains, et vous me raconterez tout.

La situation devenait horriblement gênante. Pourquoi Draco n'y mettait-il pas un terme ?

— Désolée, je suis vraiment obligée de partir…

— Et Josie doit retourner à l'école.

L'adolescente accueillit avec une grimace la remarque de sa grand-mère.

— Clare m'a autorisée à manquer cet après-midi. Nous devions faire les magasins et elle avait promis de m'offrir une manucure.

— L'éducation passe avant tout. Ta mère est trop laxiste, décréta Veronica. Et depuis quand l'appelles-tu Clare ?

Draco ne disait rien. Peut-être était-il dépassé par la situation, mais il n'en montrait rien, affichant un air détendu et plein d'assurance. Eve, de son côté, se sentait de plus en plus mortifiée par cette situation incongrue.

— Cela ne vous ennuierait pas de déposer Josie ? s'enquit Veronica en se tournant vers elle.

— Pas du tout, répondit Eve, un peu étonnée.

La grand-mère de Josie la prit par la main, et l'entraîna dans un couloir.

— Allons, Josephina. Il faut remettre ton uniforme. Nous ne devons pas faire attendre trop longtemps Mlle Curtis.

Restée seule avec Draco et Eve, Clare leur adressa un coup d'œil complice.

— Je suis confuse de vous avoir dérangés dans votre sieste coquine, tous les deux.

— Tu mets Eve mal à l'aise, plaisanta Draco.

— Vraiment ! Excuse-moi, Draco, mais quand je t'ai vu arriver pieds nus, les cheveux en bataille…

Elle se mit à rire.

— Cela m'a rappelé de bons souvenirs.

Eve faillit s'étrangler. Assaillie brusquement par une jalousie épouvantable, elle ne pensa plus qu'à partir le plus vite possible. Même si les divorces à l'amiable étaient à la mode, elle trouvait la situation ridicule et très gênante. Qu'ils restent tous les deux, puisqu'ils paraissaient si complices !

Veronica Morelli reparut bientôt avec Josie en uniforme.

— Vraiment, Draco, je ne comprends pas comment tu peux vivre aussi à l'étroit !

Cette remarque acheva de sidérer Eve. Si Veronica manquait de place dans cette maison, elle devait au moins habiter un château… Lorsque Josie se dirigea vers la porte, elle se dépêcha de lui emboîter le pas. Elle se retourna vers Clare et Veronica.

— J'ai été ravie de faire votre connaissance, mentit-elle en sortant.

Josie se montra très bavarde dans le taxi.

— Je suis tellement contente que tu sois avec papa !

— Je ne suis pas…

Eve se tut. Comment expliquer à l'adolescente qu'il s'agissait seulement d'une aventure sans lendemain ? Josie s'inquiétait pour son père, mais il ne fallait pas encourager de faux espoirs, ni la décevoir trop brutalement.

Elle lui sourit gentiment.

— Et tu n'es pas du tout comme les autres, reprit Josie.

L'image de Clare flotta un instant dans la tête d'Eve. Si toutes les conquêtes de Draco ressemblaient à son ex-femme, elle était effectivement très différente.

— Je ne suis pas censée savoir ce genre de choses, parce qu'il n'amène jamais personne chez nous...

— Ah bon ? releva Eve, intéressée malgré elle.

— Et si elles venaient à la maison quand je n'y suis pas, je m'en rendrais forcément compte, comme mon amie Lily. Son père lui cachait qu'il avait retrouvé quelqu'un, mais elle s'en doutait et elle avait raison. Il s'est remarié le mois dernier.

— Cela ne doit pas être facile pour un enfant quand l'un de ses parents décide de refaire sa vie.

— Au contraire ! Je serais ravie. Et mamie aussi. Elle l'embête tout le temps avec cela, mais elle ne trouve personne suffisamment bien pour lui.

Elle marqua une pause et observa Eve attentivement.

— Toi, ce n'est pas pareil. Tu ne donnes pas l'impression d'être une jolie écervelée. Si tu te maries avec papa, ou même si tu vis simplement avec lui, le juge ne lui retirera pas ma garde pour m'envoyer chez maman et son fiancé. Parce que, à ce moment-là, il y aura une présence féminine dans ma vie, n'est-ce pas ?

Eve digéra l'information avant de demander, sur un ton faussement désinvolte :

— Tu risques d'aller avec ta maman ?

Josie secoua la tête énergiquement.

— Non, papa fera tout pour que cela n'arrive pas. Il me l'a promis.

Après avoir déposé Josie à l'école, Eve donna l'adresse de son bureau au chauffeur de taxi. La scène embarrassante qui s'était déroulée chez Draco prenait une signification particulière à la lumière des révélations innocentes de Josie.

Elle se sentait salie. Non seulement Draco se servait d'elle, mais elle s'était complètement méprise sur son attitude. Il ne risquait pas de détromper sa mère sur d'éventuels projets de mariage ! Bien au contraire, tout se déroulait selon un plan bien établi.

Elle n'était qu'une marionnette dont il tirait les ficelles... Envahie par la colère, elle résolut de tirer immédiatement la situation au clair.

— Excusez-moi, j'ai changé d'avis, dit-elle en donnant l'adresse de Draco au chauffeur.

Pendant le trajet, elle répéta la scène, avec les répliques qui lui permettraient de repartir dignement, la tête haute. Une rage légitime continuait à l'animer lorsqu'elle tambourina sur la porte en bravant les caméras de surveillance.

— Puis-je vous aider ? demanda la personne qui lui ouvrit, une femme rondelette entre deux âges — certainement la gouvernante.

Eve alla droit au but.

— Je veux voir Draco.

La femme observa un silence teinté d'hésitation.

— Je crains que vous ne vous trompiez d'adresse.

Eve refusa de se laisser désarçonner par un mensonge aussi éhonté.

— Non, je suis sûre qu'il habite ici.

— Quelle bonne surprise !

Les deux femmes se retournèrent au son de la voix de Draco. Vêtu d'un pantalon de jogging et d'un sweat-shirt, une serviette autour du cou, il sortait manifestement de sa salle de sport particulière, au sous-sol de la maison.

Eve pointa un doigt accusateur sur lui.

— Espèce de...

La voix étranglée, elle s'interrompit stupidement.

« Bravo, Eve, lança une petite voix intérieure. Si tu commences à chercher tes mots, tu ne vas pas y arriver. »

Draco la dévisagea avec un calme olympien et s'adressa tranquillement à l'employée de maison.

— Merci, Judith. Je vais recevoir cette jeune femme. Vous pouvez y aller.

Comme la gouvernante ne bougeait pas, il ajouta :

— Vous n'avez pas un rendez-vous chez le dentiste ?

La domestique se frappa le front.

— Oh mon Dieu, quelle heure est-il ?

Après un dernier regard soupçonneux en direction d'Eve, elle disparut.

— Elle a osé prétendre que tu n'habitais pas ici.

— Elle me protège.

— Ce n'est pas une raison pour mentir !

Troublée malgré elle par la présence physique de Draco et sa puissante musculature, elle insuffla le plus de mépris possible dans sa voix.

— Comme si tu étais un pauvre homme faible et sans défense !

Elle ne croyait pas si bien dire ! A ce moment précis, une armée entière de gouvernantes n'aurait pas pu défendre Draco contre lui-même. Un désir fou, irrépressible, martelait ses tempes depuis qu'il avait aperçu Eve sur le seuil, échevelée et furieuse.

Quelle ironie… Alors qu'il venait juste de se féliciter d'avoir repris les rênes et de tout maîtriser.

— Je vais prendre une douche, annonça-t-il.

« Et un peu de recul… »

En même temps, pourquoi lutter contre le plaisir ? La passion violente qu'il éprouvait s'éteindrait d'elle-même. Ne valait-il pas mieux se montrer pragmatique en vivant tout simplement l'instant ?

Eve regarda autour d'elle, en baissant la voix.

— Tes visiteuses sont parties ?

Il remarqua tout à coup ses yeux humides.

— Tout va bien, Eve ?

— Non, je suis furieuse. Comment o-oses-tu te s-servir de moi d'une manière aussi scandaleuse ? Moi qui m'étais juré de ne jamais ressembler à ma mère, après ce que mon père lui a fait… Tu avais tout calculé de sang-froid !

— Allons, *cara*, calme-toi. Et d'abord, qui est ton père ?

Elle s'immobilisa.

— Un salaud, comme toi.

La colère foudroya Draco. Bon sang, quelle mouche l'avait piquée ? Elle venait chez lui, l'accuser de torts dont il n'avait pas idée. C'en était trop pour lui. Il tourna les talons, et se dirigea vers la salle de bains.

— Tu t'en vas ?

— Je vais prendre une douche. Sinon je risque de m'emporter et d'avoir des remords.

Elle l'avait insulté comme personne n'avait encore jamais osé le faire. Draco détestait ce genre de scènes où on ne se maîtrisait plus. Qu'avait Eve contre lui ? Il n'avait rien à se reprocher.

— Tu peux me rejoindre si tu en as envie, ajouta-t-il perfidement en entendant ses talons claquer sur le sol en marbre.

Eve le suivit sans s'en rendre compte et se retrouva tout essoufflée dans la chambre, sans savoir comment. Mais au moment où Draco referma la porte derrière eux, elle eut peur d'avoir commis une imprudence fatale.

— Qu'est-ce que tu fais ? demanda-t-elle d'une voix aiguë.

Le dos tourné, il enleva son sweat-shirt. Puis il se planta devant elle dans une pose arrogante et délibérément provocante.

— J'ai déjà répondu à ta question, observa-t-il avec un humour sarcastique.

— J'ai à te parler.

Eve essayait tant bien que mal de maintenir une attitude dédaigneuse. Mais cela lui était de plus en plus difficile devant Draco. Son torse nu, magnifiquement sculpté, la bouleversait de désir.

— Vas-y, je t'écoute, *cara*.

Il se baissa pour délacer ses chaussures de sport, avec la souplesse féline qui le caractérisait.

Eve était sur le point d'exploser. Elle avait à la fois envie de hurler de rage et de se jeter dans ses bras. Cet homme qui l'attirait tant était en même temps l'incarnation de tout ce qu'elle rejetait.

— Au risque de me répéter, je t'invite sous la douche avec moi, continua-t-il.

Tout en la fixant du regard, il lui sourit et ôta son pantalon et son caleçon.

# 11.

— Non, merci ! s'écria Eve en se détournant, frissonnant de désir et d'agacement.

Pourtant, la tentation était grande, encore plus qu'elle n'osait se l'avouer. Pour se donner une contenance, elle prit un coussin sur un fauteuil et le retapa vigoureusement.

— Comme il te plaira, répondit Draco.

Elle attendit encore quelques minutes avant de risquer un coup d'œil par-dessus son épaule. Draco n'était plus là. Se laissant tomber sur le siège avec un soupir, elle se concentra sur sa respiration pour essayer de détendre ses muscles noués.

Cela ne se passait pas du tout comme elle l'avait imaginé.

Dans la salle de bains, l'eau se mit à couler. Des images érotiques, irrésistibles, dansèrent devant ses yeux. Ce fut pire lorsqu'elle ferma les paupières. La beauté virile de Draco la tourmentait sans répit.

L'écho de son invitation résonna dans sa tête, comme pour augmenter l'intensité douloureuse de son désir. Elle porta la main à son front. Comment pouvait-on à la fois être aussi en colère contre un homme et avoir autant envie de lui ?

Elle n'allait tout de même pas devenir comme sa mère et commettre la même bêtise qu'elle ne lui avait jamais pardonnée ? Heureusement, cette pensée provoqua une sorte de déclic.

Elle soupira en songeant à quel point elle avait été

proche de succomber. Dès qu'il s'agissait de Draco, l'amour-propre la désertait. Etait-ce inscrit dans ses gènes ? Elle secoua la tête en se levant résolument. Même s'il existait en elle une faiblesse héréditaire, elle pouvait encore se révolter. On avait toujours le choix.

Sa mère s'était trompée, à deux reprises. Eve ne répéterait pas ses erreurs.

Elle soupesa les différentes options qui s'offraient à elle et prit rapidement sa décision. Tant pis si elle ne savourait pas la satisfaction d'avoir le dernier mot. Il valait mieux mettre une distance raisonnable entre Draco et elle.

Il fallait fuir cet homme. Absolument.

Mais elle n'eut pas le temps de mettre son plan à exécution. Quand Draco arriva en sifflotant, pieds nus, elle ne put détacher ses yeux de lui. Ses forces la quittèrent et elle fut incapable de se lever.

Des gouttes d'eau tombaient de ses cheveux mouillés sur sa chemise blanche. Ce détail fit chavirer Eve. Curieusement, elle sut tout de suite qu'elle n'oublierait jamais cet instant.

— Tu ne t'ennuies pas trop, toute seule ? lança-t-il en rentrant sa chemise dans son pantalon noir.

Le visage d'Eve, très expressif, la trahissait toujours.

Elle releva fièrement le menton. La vérité était parfois la meilleure défense.

— Si, atrocement, répliqua-t-elle.

— Eh bien je suis tout à toi, maintenant ! s'écria-t-il en lui ouvrant les bras. Dans tous les sens du terme.

Subitement, Eve en eut assez de ses bavardages et de ses plaisanteries, et se félicita de ne pas lui avoir dévoilé les pensées qui la préoccupaient. Elle n'aurait fait que regretter de s'être livrée à lui sur un plan personnel. Il ne la méritait pas, aussi beau qu'il fût.

Elle se planta devant lui, les mains sur les hanches, et le détailla insolemment, de pied en cap. Seulement, Draco ne se laissait pas démonter aussi facilement.

— Je te plais, *cara* ?

Elle ne voulait pas tourner autour du pot et résolut d'aller droit au but.

— Tu t'es servi de moi d'une façon éhontée.

Elle avait peut-être tort de prendre les choses autant à cœur. Après tout, ils se connaissaient à peine. Elle ne pouvait pas accuser Draco de l'avoir trahie puisqu'ils ne s'étaient rien promis.

Le sourire de Draco s'évanouit et il fronça les sourcils. En même temps, il ne pouvait pas s'empêcher de contempler l'adorable silhouette d'Eve, dont il devinait les contours sous la robe. Il se remémorait avec un plaisir intense la texture de sa peau satinée.

La douche froide avait momentanément calmé sa libido mais, devant elle, son désir insatiable renaissait.

— Il me semble que c'était réciproque, observa-t-il. Et jusqu'à présent tu ne t'en es pas plainte.

Elle plissa les yeux et croisa les bras en dardant sur lui un regard plein de mépris.

— Tu sais exactement de quoi je parle ! protesta-t-elle furieusement.

Il faillit éclater de rire. Décidément, elle lui faisait vivre des scènes totalement inédites ! L'espace d'une fraction de seconde, une frayeur irraisonnée l'étreignit. Et si, avec Eve, l'attrait de la nouveauté ne s'estompait pas ? Mais non. Comme les autres, il la rangerait dans un coin de sa mémoire avec quelques souvenirs délicieux.

— Et si tu t'expliquais clairement ? suggéra-t-il.

Elle le foudroya du regard.

— Tu es très inquiet de perdre la garde de Josie. Alors, tu t'affiches avec moi comme si nous avions… *une relation stable*, articula-t-elle en dessinant des guillemets du bout des doigts. Naturellement, tu t'empresses d'en faire étalage devant ton ex-femme… Tu as dû avoir peur que je leur dise la vérité.

— C'est-à-dire ?

— Que ta dernière conquête ne durera pas plus longtemps que les autres.

— Pourquoi tant d'amertume, *cara* ? Alors que tu as tant insisté sur ta volonté de ne pas t'engager. Aurais-tu changé d'avis ?

— Je ne suis pas amère, je suis furieuse !

— On croirait une diva au bord de la crise de nerfs…

Et cela lui allait très bien, songea Draco. Eve avait trop longtemps réprimé sa nature passionnée. Elle se cachait derrière son masque de femme d'affaires, parfaitement organisée et maîtresse d'elle-même. Il était le seul à avoir percé ses défenses… Cette idée le déstabilisait complètement.

— Si j'avais su que tu voulais parler à ma mère et à mon ex, j'aurais emmené moi-même Josie à l'école, reprit-il sur un ton conciliant. Crois-moi, j'ai fait au mieux, ma mère est une redoutable inquisitrice.

— N'empêche… Tu t'es servi de moi, tu avais tout manigancé…, insista-t-elle.

— Tu crois sérieusement que je voulais être surpris avec toi dans cette situation embarrassante en plein après-midi ? Avec Josie, en plus ?

— Tu ne t'attendais peut-être pas à voir ta mère, concéda-t-elle.

— En effet, ses visites sont absolument imprévisibles, railla-t-il. Elle adore me faire des surprises ! Depuis la mort de mon père, elle s'ennuie beaucoup et s'est mis en tête de me marier, pour s'occuper.

— Donc, tu avoues. Tu veux lui faire croire que nous… nous… Arrête de me regarder comme une bête curieuse !

— Que nous avons une liaison ?

— Non ! Quoi qu'il en soit, il n'y a rien entre nous.

C'est simplement sexuel. Ou plutôt *c'était*, rectifia-t-elle en serrant les dents.

— Pourquoi cette distinction ? demanda-t-il en la scrutant intensément.

— Parce que c'est du passé.

Draco sentit soudain sa gorge se contracter. Eve était capable de fermer toutes les portes, pour de ridicules histoires qu'elle s'était elle-même fabriquées. Il la dévisagea avec calme, tentant de comprendre les raisons qui l'animaient. Soudain, il repensa à leurs discussions, à son désespoir lors du mariage à Brent Manor…

— Ecoute, je ne comprends pas bien. Ta réaction aurait-elle quelque chose à voir avec l'histoire de ta mère avec Latimer ?

Attaquée, Eve se retrancha derrière ses défenses.

— Il ne s'agit pas de moi, mais de toi. Et tu n'as pas de leçons à me donner. Si j'en crois ta fille, tu changes de femme aussi souvent que de chemise.

Elle essayait de retourner la discussion contre lui… mais elle se trompait. Il ne lui avait pas traversé l'esprit qu'il pouvait se servir d'Eve pour conserver la garde de Josie. Cela étant dit, il n'hésiterait pas à en tirer profit à l'avenir s'il le fallait : Clare et Veronica avaient eu l'air ravies de rencontrer Eve.

— Tu n'avais pas à soutirer des informations à ma fille, Eve. Il suffisait de me poser des questions. Je t'aurais répondu sans problème.

Eve leva les yeux au ciel tandis que Draco s'étonnait de ses propres réactions. D'ordinaire, il veillait à demeurer inaccessible et mystérieux, sans jamais rien livrer de personnel. Quel changement étrange…

— Je ne lui ai rien soutiré ! explosa-t-elle. Tu es simplement le sujet de conversation préféré de Josie.

— Pas le tien ? lança-t-il en haussant un sourcil ironique.

— Si, tu me fascines, railla-t-elle.

— Ainsi, tu as parlé de moi avec ma fille, reprit-il d'une voix aigre-douce.

— Cela te dérange ?

Il se sentait inquiet, tout à coup, et très en colère.

— Pas d'insolence, Eve.

— C'est une menace ?

C'était imprudent de le défier ouvertement... Sa remarque ironique provoqua en lui une décharge d'adrénaline.

Il prit son menton entre le pouce et l'index.

— Je fais peur à beaucoup de gens.

Pour Draco, le pouvoir ne représentait pas un but en soi, mais il avait découlé de sa réussite financière. La fortune du personnage public impressionnait les envieux.

— Mais pas à toi, ajouta-t-il.

— Je devrais ? demanda-t-elle sur un ton impertinent.

La main de Draco glissa vers son épaule et son pouce commença à la caresser doucement.

— Probablement.

Il ne voulait pas lui faire de mal, mais elle souffrirait sans doute malgré tout, car il ne restait jamais très longtemps avec une femme. Eve était beaucoup trop vulnérable... Il l'avait vu tout de suite.

Eve lui jeta un regard circonspect. Sa franchise avait complètement désamorcé sa colère. Elle lui devait une explication.

— J'ai cru que tu avais tout manigancé, admit-elle.

Il la lâcha, mais sans s'éloigner. Elle continuait à sentir la chaleur de son corps.

— Josie m'a expliqué que sa mère voulait récupérer sa garde en arguant du vide de ta vie sentimentale... J'en ai conclu que tu étais venu me chercher au travail en sachant exactement ce qui allait se passer...

— Tu penses vraiment que j'aurais pu prévoir cette

scène passionnée dans mon bureau juste avant l'arrivée de ma famille ?

Eve se sentit soudain misérable.

— Excuse-moi. Je me rends compte maintenant que c'était…

— Spontané ?

— Une série de coïncidences, avoua-t-elle d'un air coupable.

— J'accepte tes excuses. Puisque Josie t'a fait ces confidences… Est-elle inquiète ?

— Josie te fait totalement confiance pour résoudre le problème.

Manifestement, l'adolescente non seulement adorait son père, mais se sentait parfaitement en sécurité avec lui. Tout comme Eve dans son enfance avec sa propre mère… Mais lui avait-elle jamais témoigné sa gratitude ?

L'air soulagé, Draco hocha la tête. Mais il continuait de plisser le front.

— Tu te fais du souci, n'est-ce pas ? devina Eve. Les tribunaux accordent généralement la préférence à la femme.

— Clare n'ira pas jusqu'au bout.

Etait-il aussi sûr de lui qu'il le montrait ?

— Josie n'a jamais vécu avec sa mère ?

— Non, jamais.

Il l'interrogea du regard avec fébrilité.

— Tu penses que c'est un mal ?

Clare était sans doute incapable de s'occuper d'un enfant. Il avait suffi à Eve de quelques minutes pour s'en rendre compte. Josie méritait infiniment mieux…

— Cela dépend de la mère et des circonstances, remarqua-t-elle avec tact.

— Clare m'a quitté quand Josie était tout bébé.

— Comment a-t-elle pu faire une chose pareille ?

Dans l'esprit d'Eve, une mère était prête à tout sacrifier pour son enfant. C'était inscrit dans les gènes. Abandonner un bébé était tout bonnement impensable.

— Avait-elle… rencontré un autre homme ? Elle souffrait peut-être d'une dépression postnatale ?

— Non, même pas. Elle s'ennuyait, c'est tout.

Draco s'assit sur le canapé et tapota la place vide à côté de lui. Mais Eve resta debout, préférant garder ses distances, maintenant que la colère l'avait abandonnée.

— L'intérêt de Clare s'émousse très vite, reprit Draco.

— Même pour sa propre fille ? observa Eve, choquée.

Il se frotta la mâchoire.

— Pour tout.

Sans cacher sa répugnance, Eve fit une moue sceptique.

— Tu n'es plus fâchée contre moi, j'espère ? demanda Draco en allongeant les jambes. Puisque je suis innocenté.

Elle haussa les épaules.

— Non…

— Tu n'es pas complètement convaincue ?

— Si. Mais cette histoire de garde…

— Cela t'inquiète ?

« Pas lui ? » songea-t-elle, perplexe.

— Ecoute, expliqua-t-il. Ce n'est pas Clare qui a mis la question sur le tapis, mais son fiancé, pour des raisons de convenance sociale, parce que c'est un homme politique, soucieux de son image. Mais Clare n'est pas dupe. Pour l'instant, il la manipule parce qu'elle le veut bien. Ne te laisse pas abuser par son allure de blonde évaporée. Elle est très intelligente. Et parfois impitoyable.

Eve frissonna en l'entendant proférer un tel jugement. A l'évidence, Draco avait encore des sentiments pour son ex-femme. Sinon il n'aurait pas toléré ses agissements, ni sa présence chez lui.

— Tu la supportes quand même ?

— Elle aime Josie.

« Mais, toi, est-ce que tu aimes Clare ? » La question ne franchit pas les lèvres d'Eve, qui avait peur de connaître déjà la réponse. Draco refusait peut-être de l'admettre, mais, s'il n'était pas autant attaché à la mère de sa fille, il aurait sans doute déjà refait sa vie.

— Non, je ne suis plus amoureux de Clare depuis longtemps.

Elle sursauta.

— Je… j-je ne pensais pas à cela !

Il haussa les sourcils d'un air sceptique, et sourit.

— Ah, vraiment ? Je l'aurais cru…

— Ecoute, Draco, mon avis ne t'intéresse certainement pas…

— Mais tu vas quand même me le donner, la coupa-t-il d'un air amusé.

— Tu ne devrais pas être aussi sûr de toi. Les juges sont parfois imprévisibles.

Il s'absorba dans ses pensées.

— Que pourrais-je faire de plus que ce que je fais maintenant ?

Eve prit une grande inspiration, et se lança :

— Ecoute, si tu veux leur donner l'impression… qu'il y a une femme dans ta vie… Et si nous continuons à avoir des relations…

— Sexuelles ?

— Arrête de plaisanter ! Si cela peut t'aider, je peux très bien prétendre être la « présence féminine » qui fera pencher les juges en ta faveur. Je peux témoigner.

— Tu ferais ça uniquement pour Josie ?

Il ne lui facilitait pas les choses.

— Evidemment ! Mais, si tu préfères composer sans moi, je comprendrais…

— Viens près de moi. Je vais te dire ce que j'en pense.

Il ne fallut pas la prier beaucoup pour qu'elle tombe dans ses bras.

# 12.

Eve appliquait une dernière touche de mascara sur ses cils lorsque Hannah entra dans sa chambre. Elle se tourna vers son amie, dont la robe de style Empire n'arrivait plus tout à fait à masquer la grossesse.

— Comment va Kamel ?

— Il a encore quarante de fièvre. Mais, d'après le médecin, les antibiotiques devraient l'aider à juguler cette mauvaise grippe dès demain. Il a de la chance de ne pas avoir attrapé une pneumonie… S'il avait attendu encore…

— Ne t'inquiète pas.

— En tout cas, Eve, c'est vraiment gentil d'être venue à mon secours. Toute seule, je ne m'en serais pas sortie. C'est le premier gala que je préside en tant que princesse et je…

— Tout se passera bien, j'en suis certaine. Et arrête de te confondre en remerciements, tu l'as déjà fait un million de fois. C'est plutôt moi qui devrais te remercier pour la séance de relooking. Ce n'était pas nécessaire. Quoique…, ajouta-t-elle en se regardant dans la glace.

— Tu es resplendissante !

Eve se tapota les joues, qu'elle sentait devenir rouges. Quelques semaines plus tôt non seulement elle n'aurait pas cru Hannah, mais elle n'aurait jamais osé porter le somptueux fourreau qui moulait comme une seconde peau sa silhouette gracile.

Depuis que Draco avait fait irruption dans sa vie,

la découverte de sa sensualité lui donnait confiance en elle. C'était le côté positif de leurs relations. Se forçant à garder le sourire, elle tâcha de ne pas s'appesantir sur les aspects négatifs.

Elle était tombée amoureuse… Malheureusement, ses sentiments devaient rester secrets. C'était la seule solution.

Elle avait fini par s'éprendre d'un homme qui représentait tout ce qu'elle avait toujours soigneusement évité. Honteuse, elle ferma un instant les paupières.

Dieu merci, elle réussissait à sauver les apparences, refusant par exemple de se rendre systématiquement disponible chaque fois que Draco la réclamait. Du coup, elle se privait aussi du plaisir de dormir avec lui, mais cela lui donnait l'impression de maîtriser la situation.

Naturellement, c'était une piètre consolation.

— Je ne t'avais jamais vue avec les cheveux lâchés, continua Hannah. Tu as beaucoup changé.

— Je ne me reconnais pas moi-même, avoua Eve en sortant de la pièce avec son amie.

Devant les caméras et sous les projecteurs, Hannah lut avec beaucoup de charme et de dignité le discours d'ouverture au nom de son mari. L'espace de quelques secondes, Eve en oublia même de penser à Draco.

Que faisait-il ?

A qui parlait-il ?

Qu'aurait-il pensé de sa robe ?

Draco décida de faire une apparition au gala en fin de soirée, par égard pour son ami Kamel.

Eve et lui se voyaient assez souvent, sans toutefois entretenir une liaison très suivie. Josie ayant récemment décidé d'être pensionnaire pendant la semaine, il pouvait inviter Eve à dormir, ce qui ne se produisait pas aussi fréquemment qu'il l'aurait souhaité. Ils menaient chacun une vie indépendante, et il s'en satisfaisait.

Lorsqu'il arriva dans le lieu de la réception, il salua quelques personnes. Alors qu'on lui présentait un jeune duc, celui-ci eut l'air captivé par une apparition, derrière lui. Draco tourna la tête, curieux de savoir ce qui troublait tant le jeune homme. Il réprima de justesse un cri de surprise. Eve, *son* Eve, était là, parfaitement à l'aise, souriante et vêtue d'une robe… beaucoup trop sexy à son goût.

Ignorant un ambassadeur qui s'avançait la main tendue, il traversa la salle à grandes enjambées pour la rejoindre.

— Que fais-tu ici ? tonna-t-il, incapable de maîtriser une colère irraisonnée.

Stupéfaite, Hannah les regarda tour à tour, les yeux écarquillés.

— Je n'ai pas le droit de sortir ? rétorqua Eve avec un calme trompeur, indignée de son inconvenance.

— Tu aurais pu me prévenir.

Elle se hérissa.

— Et toi ? Tu l'as fait ?

Elle se cacha derrière sa main pour ajouter à voix basse :

— Fais attention, Draco. Il y a une équipe de journalistes munis de caméras. Ils peuvent très bien tourner la scène et la diffuser sur les réseaux sociaux.

Puis elle reprit sa voix naturelle.

— Tu connais Hannah, bien sûr.

Draco inclina la tête.

— Princesse. Je suis désolé que Kamel soit alité.

Il se tourna ensuite vers Eve.

— Je rentre. Tu viens ?

La stupeur qu'il lut sur le visage de Hannah l'emplit d'un profond malaise. Eve ne lui avait donc rien dit ? Pourquoi ? Avait-elle honte de lui ? Il se sentait trahi.

— Tu n'as même pas parlé de nous à ta meilleure amie ?

Eve plissa les yeux.

— Non, je ne viens pas avec toi. Je reste ici, dit-elle en éludant sa question.

Il haussa les épaules en affectant l'indifférence.

— Comme tu veux. Au fait, je pars à New York vendredi.

— Eh bien, bon voyage.

— Tu seras rentré pour mon anniversaire ? demanda Josie au téléphone.

Debout devant la fenêtre de sa chambre d'hôtel, Draco contemplait distraitement Central Park.

— Je n'ai jamais raté ton anniversaire.

— Je voulais juste être sûre. La fête sera très réussie. Tante Gabby va cuisiner tous mes plats préférés.

— Tu es gentille avec elle, j'espère.

— Je le suis toujours. Tu peux lui demander si tu veux.

— Je te crois sur parole. Josie, as-tu vu…

Il s'interrompit brusquement.

— Quoi donc ? Désolée, papa, je ne t'entends plus.

La ligne n'était pas mauvaise, c'était son cerveau qui ne fonctionnait pas très bien. Il avait tellement envie d'avoir des nouvelles d'Eve qu'il avait failli mettre sa fille à contribution… Il ne fallait pas la mêler à cela !

Combien de fois avait-il décroché son téléphone pour entendre sa voix ? Mais il n'avait jamais osé aller jusqu'au bout. Ils ne s'étaient pas parlé depuis la nuit du gala.

C'était grotesque.

Et stupide de sa part. Il s'était enferré dans son obstination, par lâcheté, par orgueil. Il avait peur d'admettre combien il avait besoin d'elle, de son sourire, de sa chaleur dans son lit…

Il poussa un soupir à fendre l'âme. En fait, il était tombé amoureux, tout simplement. Cette prise de conscience le stupéfia. L'amour l'avait déjà rendu très malheureux une fois, dans sa jeunesse, et il s'était promis de ne jamais retomber dans le piège. C'est pourtant ce qui était arrivé.

— Tu es toujours là, papa ?

Il fixa le téléphone d'un air hébété, avant de retrouver sa voix.

— Oui, tout va bien.

Tout allait très mal, et il ne voyait pas comment cela pourrait s'arranger…

— Cela ne t'ennuie pas si j'invite Eve à mon anniversaire ?

— Pas du tout. C'est une bonne idée.

Eve avait été extrêmement nerveuse à l'idée de rencontrer Mark Tyler, mais leur dîner se passa finalement très bien. Au café, ils s'étaient découvert de nombreux points communs et bavardaient comme s'ils se connaissaient depuis toujours.

Quel dommage que les choses se soient déroulées si tardivement… Elle soupira et baissa les yeux sur sa main, qu'il venait tout naturellement de poser sur la sienne dans un geste protecteur.

— Ça va ? demanda-t-il d'un air inquiet.

Puis, suivant son regard, il rougit légèrement et voulut la retirer, mais elle le retint.

— Oui, répondit-elle avec émotion. C'est juste que… Je…

— Je sais, observa-t-il tranquillement.

Après avoir payé l'addition, Mark la raccompagna chez elle à pied au lieu de prendre un taxi. La pluie s'était arrêtée, mais Eve marcha dans une flaque, éclaboussant ses collants et ses chaussures neuves.

— *Singing in the rain,* lancèrent-ils tous les deux en riant, à l'unisson.

— C'est un de mes films préférés, dit Eve.

— Un classique, approuva Mark. Donc, tu ne regrettes pas d'avoir accepté mon invitation ?

Elle avait hésité jusqu'à la dernière minute et ne s'était pas encore remise du choc d'avoir été contactée par son demi-frère. Lui-même n'avait appris son existence qu'à la mort de son père, en mettant de l'ordre dans ses papiers. Immédiatement, il avait eu envie de la rencontrer.

— Je suis très contente d'avoir fait ta connaissance. Contrairement à toi, j'étais au courant de ta naissance, même si j'étais censée ne rien savoir.

— J'étais mort de peur, admit Mark en riant.

— C'est vrai ?

— Amy m'a beaucoup encouragé. Ce qui a achevé de me décider, c'est quand je t'ai vue au gala, l'autre soir.

Eve lui sourit avec chaleur. Mark parlait constamment de sa femme, que manifestement il adorait. La relation qu'elle lui avait toujours enviée avec son… *leur* père avait en fait été détestable. Lord Charlford s'était comporté en tyran avec son fils, sans perdre une occasion de le dévaloriser. Par chance, l'influence de sa femme lui avait redonné confiance en lui et l'avait aidé à échapper à l'emprise toxique de son père.

— Ne me réponds pas si tu me trouves indiscret, Eve… Amy me reproche toujours d'être trop curieux ! As-tu quelqu'un dans ta vie ? L'homme que j'ai vu l'autre jour peut-être, Morelli ?

Ils étaient arrivés devant son immeuble. Eve s'arrêta et se tourna vers son demi-frère.

— J'ai quelqu'un, admit-elle. Mais je ne sais pas si…

— Morelli ?

— Nous nous connaissons depuis seulement deux mois. Je suis convaincue que c'est l'homme de ma vie. Malheureusement…

Elle s'interrompit, le cœur serré.

— Je doute que ce soit réciproque. Il…

Elle secoua la tête. Une larme roula sur sa joue.

Depuis qu'il était parti à New York, presque trois semaines plus tôt, elle n'avait reçu aucune nouvelle, mis à part un texto pour dire qu'il était bien arrivé. Il lui manquait terriblement.

Elle avait beaucoup réfléchi à ses aspirations profondes, tout à fait irréalistes. Au fond d'elle-même, elle souhaitait très fort tout ce qu'elle avait dédaigné jusque-là. Elle avait envie d'aimer et d'être aimée à la folie. Malheureusement, Draco ne lui offrirait jamais ce dont elle rêvait.

Le bon sens et le respect d'elle-même lui commandaient de mettre un terme à leurs relations. A son retour, il lui faudrait s'expliquer honnêtement avec lui. Si sa mère aimait Charles Latimer comme elle aimait Draco, elle comprenait maintenant pourquoi cette dernière s'était accommodée aussi longtemps d'une situation bancale. Elle aurait très bien pu glisser sur la même pente…

Cette pensée l'horrifiait — tout autant que le fait de ne jamais revoir Draco. Pourtant il lui faudrait se résoudre à la deuxième éventualité, car elle ne se satisferait pas de demi-mesures.

Mark essuya une larme sur sa joue.

— Tu es malheureuse. Je suis désolé.

Une expression de colère se peignit sur son visage.

— Cet homme est un idiot, ajouta-t-il.

— Tu es gentil… Je ne sais pas ce qui m'arrive. En ce moment, je n'arrête pas de pleurer.

La veille, elle avait dû quitter une réunion en catastrophe. La moindre contrariété la mettait dans tous ses états.

— Ne t'inquiète pas, j'ai l'habitude. Depuis qu'elle est enceinte, Amy est hypersensible.

Sa mère, Hannah, et maintenant Amy… Autour d'elle, toutes les femmes attendaient un bébé.

Brusquement, Eve s'immobilisa, les jambes tremblantes, glacée par une terreur sans nom.

— Oh, mon Dieu !

— Qu'y a-t-il ? demanda Mark en la voyant blêmir.

L'air inquiet de Mark força Eve à sortir de sa stupeur. Secouant la tête avec un sourire contraint, elle s'obligea à se comporter le plus normalement possible.

— Je viens de penser à quelque chose… Une idée stupide… vraiment…

L'adjectif était sans doute mal choisi pour un événement qui risquait de bouleverser son existence. En tout cas, plus elle y songeait, plus… Non, il fallait d'abord s'en assurer, ce qui ne serait pas possible avant le lendemain, à moins…

Elle se creusa la tête afin d'essayer de se rappeler quelle était la pharmacie de garde ce soir pour y acheter… un test de grossesse.

— Je t'inviterais bien à prendre un café, mais je suis un peu fatiguée.

Mark hocha la tête, puis l'embrassa sur la joue et la serra dans ses bras.

— Tu viendras nous voir à Charlford, d'accord ? La maison est sens dessus dessous en ce moment parce que Amy refait entièrement la décoration. Du temps de papa, elle trouvait l'endroit sinistre et elle veut effacer toutes ses traces. En tout cas, elle est très impatiente de faire ta connaissance. Il faut rattraper le temps perdu.

— Amy a l'air merveilleuse. Moi aussi je…

Soudain, comme statufiée, elle s'arrêta de parler, et Mark suivit la direction de son regard. Il se retourna juste à temps pour recevoir en pleine mâchoire un coup de poing qui le jeta à terre.

Eve poussa un cri et tomba à genoux à côté de son frère.

— Mark !

Il se redressa sur un coude, en se tenant la tête.

— Mais qu'est-ce…

Dans les yeux verts de Mark — si semblables à ceux d'Eve — la colère succéda à la surprise lorsqu'il vit son assaillant.

— Mais tu es fou, Draco ! hurla Eve.

Tout en l'aidant à se relever, elle tamponna un mouchoir sur le coin de la bouche ensanglantée de son frère.

La fureur aveugle qui avait saisi Draco à la vue de l'homme qui étreignait Eve tendrement retomba un peu.

— Je pourrais te dire la même chose, lança-t-il sèchement, l'air toujours agressif et menaçant.

— Oh ! Je suis tellement désolée, Mark. Draco aussi, d'ailleurs, n'est-ce pas… ?

— Non.

Et sur cette réponse sans équivoque, il tourna les talons.

— Reste ici, ne bouge pas, dit-elle à Mark, en faisant mine de le suivre.

— Laisse, Eve. Ce type est dangereux.

— Il ne me fait pas peur !

Elle le rattrapa, tout essoufflée, cinquante mètres plus loin.

— Tu as perdu la tête ?

Il eut un rictus méprisant.

— Non, je me sens mieux.

Des semaines durant, il avait lutté contre ses sentiments. Finalement, il avait raison d'avoir peur. Quand on aimait quelqu'un, cela finissait toujours mal.

Sa réponse sibylline ajouta encore à la confusion qui régnait dans l'esprit de la jeune femme. Elle ne comprenait rien à ce qui se passait, alors que Draco était censé se trouver aux Etats-Unis.

— Tu es rentré de New York ? demanda-t-elle stupidement.

— Oui. Apparemment, tu ne t'y attendais pas.

Dans le silence qui suivit, Eve essaya d'y voir clair, mais la remarque acide et sarcastique de Draco la laissait perplexe.

— Que fais-tu ici ? répéta-t-elle comme si la réponse à cette question allait tout résoudre miraculeusement.

Mais rien ne pouvait expliquer pourquoi il avait agressé Mark aussi sauvagement.

Elle vit Draco serrer les poings.

— Tu sais qu'il est marié ?

Eve cligna des yeux et soutint le regard méprisant de Draco. Son demi-frère leur avait emboîté le pas et s'approchait d'eux.

— Mark ? Oui, bien sûr.

Elle plissa le front, de plus en plus perplexe. Connaissait-il son demi-frère ? S'étaient-ils disputés ? De toute façon, cela n'excusait pas la violence physique. D'ailleurs, Draco était un homme courtois et mesuré qui n'était pas du genre à en venir aux mains pour régler un différend.

Elle agita la main en direction de Mark.

— Non, tout va bien ! cria-t-elle. Ne t'inquiète pas.

Elle n'avait pas envie de se retrouver au milieu d'une bagarre.

Draco avait-il cru qu'elle était en danger ? Non, cela n'avait pas de sens. Il ne l'aurait pas plantée là aussitôt, et surtout il ne l'aurait pas écrasée de ce mépris incompréhensible, et horriblement blessant.

Elle se retourna vers Draco.

— Ne t'avise pas de recommencer ! l'avertit-elle farouchement. Pourquoi l'as-tu frappé ?

Elle chercha désespérément un signe de remords sur son visage. En vain.

Comme Mark arrivait à leur hauteur, elle se plaça entre les deux hommes.

— Laisse-le tranquille ! commanda-t-elle à Draco.

Il serra les dents.

— Je suis curieux… Est-ce le titre ?

— De quoi parles-tu ? demanda-t-elle sans comprendre.

— Ce qui t'attire en lui, précisa-t-il. Ou alors tu préfères les blonds ?

— Quoi ?

Une illumination se fit brusquement dans le cerveau d'Eve. Elle comprit ce que Draco avait vu, ou plutôt ce qu'il avait imaginé.

Il avait cru la surprendre avec un amant !

Repoussant le bras de Mark, elle s'avança vers Draco.

— Cela t'excite de goûter à l'interdit, d'avoir des aventures en cachette ? poursuivit-il.

Eve était tout près de lui. Son regard blessé obligea Draco à s'arrêter de parler un instant. Puis, très vite, la colère et la jalousie reprirent le dessus. Comment avait-elle pu commettre une infidélité ? Il l'avait crue pure et intègre — et il s'était trompé. Il avait imaginé que des sentiments les unissaient — là encore, c'était une erreur. Elle avait raison, leur relation était purement sexuelle. Rien d'autre ne les liait.

— Telle mère, telle fille, j'imagine. Je n'étais sans doute pas suffisamment réactif à ton goût ! conclut-il sur un ton mauvais.

Elle lui asséna une gifle retentissante qui lui brûla le visage. Le dénommé Mark la tira en arrière et l'entoura d'un bras protecteur.

— Eve est ma sœur. Notre père vient de mourir.

Draco se figea, sentant un immense vide creuser son ventre alors qu'Eve et Mark lui lançaient le même regard méprisant.

— C'est ton frère ? Charlford était ton père ? murmura-t-il d'une voix étranglée.

La panique l'empêchait de digérer l'information. Quel gâchis…

— J'ai cru…

— Que je te trompais. Et tu t'es permis aussi de mettre en doute la moralité de ma mère.

— Non, je…

Cela ne servait à rien d'essayer d'arranger les choses. Elle ne lui pardonnerait jamais. Il avait insulté sa mère et à moitié assommé… son frère. Il s'était montré odieux — sous son plus mauvais jour !

Il avait honte d'avoir perdu tout contrôle sur lui-même, de s'être comporté comme un homme de Néandertal.

— Je me félicite d'avoir découvert quel individu tu es avant qu'il ne soit trop tard ! lança-t-elle furieusement.

Il n'avait rien à dire pour sa défense. La colère et la jalousie l'avaient égaré d'une manière impardonnable.

— Je suis désolé, dit-il platement.

— Comme si cela pouvait tout arranger ! Je ne veux plus jamais te revoir, hurla-t-elle rageusement.

Puis, prenant son frère par le bras, elle s'en alla vers l'entrée de son immeuble.

— Il nous suit ? demanda-t-elle, les dents serrées.

— Non, il est déjà parti.

— Parti ? répéta-t-elle d'une voix blanche.

— Oui.

Eve s'effondra et éclata en pleurs.

# 13.

— Le prince de Surana au téléphone ! annonça la secrétaire d'une voix fébrile.

Décidément Kamel faisait toujours beaucoup d'effet aux femmes. Draco eut un pincement au cœur en songeant que sa femme Hannah était la plus proche amie d'Eve...

— Bonjour, Kamel. Que puis-je pour toi ?

— Tu me déçois. Je ne te croyais pas aussi lâche, commença-t-il sans ménagement.

Draco accueillit la remarque de son ami avec un grand étonnement. Il ne s'attendait pas à ce ton de la part de Kamel.

— J'ai fait quelque chose qui t'a déplu ?

— A ma femme, ce qui est pire.

Ayant échangé tout au plus une douzaine de mots avec la princesse au mariage de son père et au gala, Draco ne comprit pas de quoi il s'agissait. Il demeura silencieux pour laisser Kamel poursuivre.

— Eve est la meilleure amie de Hannah, Draco. Elles sont même sœurs, maintenant ! Sous mon toit, ton nom est devenu tabou. Que s'est-il passé ? Eve est... Oh ! Cela ne me regarde pas, après tout.

Après Josie, Kamel venait à la charge. Malheureusement, il ne pouvait pas revenir en arrière. Eve avait mis un terme définitif à leurs relations. Même s'il essayait de la reconquérir, il n'y parviendrait pas. Ce qu'il avait fait était impardonnable.

Il était donc inutile de s'apitoyer sur son sort. D'ailleurs, il n'avait pas le temps de sentir le poids de la solitude. Il avait un emploi du temps chargé et une existence bien remplie.

— Tu m'appelles pour me parler d'Eve ?

— Oui… Non…

Une appréhension horrible étreignit le cœur de Draco.

— Il est arrivé quelque chose à Eve ?

— Non, pas à elle.

— Elle va bien ? Elle n'est pas malade ou…

— Il s'agit de sa mère, Sarah. On l'a admise en urgence à l'hôpital à cause d'une prééclampsie. Le pauvre Charlie est effondré.

Le terme médical ne disait rien à Draco.

— C'est grave ?

— Très. Les médecins ont décidé de provoquer un accouchement prématuré. C'est Eve qui nous l'a annoncé. Charlie n'arrivait même pas à nous expliquer la situation. Hannah est très inquiète — d'autant que son propre terme approche. Les médecins lui imposent le repos et elle ne peut lui rendre visite. Quant à moi, je souhaite rester auprès de Hannah. Ceci dit, cela la rassurerait si quelqu'un pouvait se rendre à l'hôpital, au moins pour soutenir Eve…

La mâchoire de Draco se crispa.

— Je suis la dernière personne qu'elle a envie de voir.

— Cesse de penser à toi.

La remarque lui fit l'effet d'une gifle. Mais Kamel avait raison de lui parler ainsi.

Cela faisait des semaines qu'il se lamentait sur son sort. Mais Eve avait peut-être besoin de lui en ce moment. Et *Dio*, même si elle ne voulait pas de lui dans sa vie, il serait idiot de ne pas au moins essayer de la faire changer d'avis. Mais, pour l'instant, il y avait d'autres priorités. Il devait alléger le fardeau qui pesait sur ses frêles épaules.

— J'y vais tout de suite, dit-il à Kamel en attrapant ses clés de voiture. C'est quel hôpital ?

Il battit des records de vitesse pour parcourir les soixante-quinze kilomètres qui le séparaient de la maternité, les mains crispées sur le volant. Toutes sortes d'images le torturaient. Il imaginait Eve rongée par l'angoisse.

Il aurait dû être à ses côtés. Au lieu de cela, elle était seule. *Seule…* Et il lui fallait en plus épauler un beau-père désemparé, incapable de faire face.

Eh bien, qu'elle le veuille ou non, il serait bientôt là, pour l'aider.

Il ne fallait pas non plus arriver comme un bulldozer. Pour une fois, il s'efforcerait de montrer un peu d'humilité. Il lui demanderait pardon. Ce serait à elle de décider.

L'orgueil et la peur du rejet l'avaient empêché de plaider sa cause. Kamel avait raison. Il était lâche.

Eve était la meilleure chose qui lui soit arrivée.

L'hôpital était un véritable labyrinthe de couloirs mais il finit par arriver dans le bon service. Le visage grave, une infirmière le dirigea vers une salle d'attente.

Si Sarah Latimer était dans un état grave, Eve aurait besoin de soutien. Mais voudrait-elle de lui ? Quelqu'un avait-il prévenu son frère ?

— Monsieur Morelli ?

Draco arrêta de faire les cent pas.

— Quelles sont les nouvelles ?

— Vous êtes de la famille ?

— Je suis le fiancé d'Eve Curtis, osa Draco.

Ces mots, évidents et lumineux, firent basculer son monde.

Le visage du médecin en blouse blanche s'éclaira et il lui tendit la main.

— Désolé, mais nous avons eu un incident. Un journaliste a voulu forcer la porte, tout à l'heure.

— Ce sont des vautours.

Le médecin hocha la tête.

— Malheureusement, les gardes du corps de M. Latimer ont réagi un peu vivement. Nous avons dû les exclure aussi. Je suis George Robinson, de l'équipe du professeur Stirling. Une infirmière va vous conduire au service de néonatologie. Mlle Curtis est avec son frère.

— Le bébé va bien ?

— C'est un garçon. Il est très petit, mais viable. Nous sommes plus inquiets pour la mère.

Draco dut se laver les mains avec un désinfectant spécial et revêtir une blouse stérile avant de pénétrer dans l'unité de soins où on gardait les prématurés en couveuse. Il écoutait distraitement l'infirmière qui lui parlait, sans arriver à se concentrer. Son cœur s'arrêta presque de battre quand il aperçut Eve, derrière la vitre. Elle se penchait avec une expression pleine de tendresse et de compassion au-dessus d'un bébé minuscule, relié à toutes sortes de tubes et d'appareils.

Elle entendit l'infirmière, mais ne se redressa pas, visiblement incapable de détacher le regard de ce petit être fragile qui ne pouvait pas respirer sans assistance.

— Il ne souffre pas, j'espère ?

En entendant sa voix, Eve se retourna et il la vit tressaillir. Il avait imaginé toutes sortes de réactions de sa part, et préparé l'unique réponse qui convenait, celle qu'il aurait dû choisir six semaines plus tôt — *il resterait avec elle*. Mais il n'avait pas du tout prévu ce qui se produisit, la force des sentiments qui se déchaînèrent en lui. Elle était si belle et si vulnérable… Il aurait donné n'importe quoi pour soulager sa peine.

Ou mieux encore, pour tout partager et vivre avec elle.

Un sourire tremblant éclaira le visage d'Eve et alluma une petite lueur dans ses yeux verts assombris par des cernes.

— Tu es venu ?

Draco avança d'un pas et elle se jeta dans ses bras pour enfouir le visage au creux de son épaule. Il la serra très fort contre lui alors qu'elle éclatait en sanglots.

L'infirmière s'éclipsa sur la pointe des pieds.

— Je suis désolée..., murmura Eve, un peu calmée. Tu m'as manqué.

Quand la main qui lui caressait les cheveux s'immobilisa, Eve prit brusquement conscience de l'aveu qui venait de franchir ses lèvres. Mais elle était trop épuisée pour s'en effrayer. Elle s'écarta un peu pour contempler Draco.

Elle le fixa intensément. Après le cauchemar des dernières heures, elle avait l'impression de rêver. Elle avait peur qu'il disparaisse si elle le quittait des yeux. Pourtant, ce n'était pas un mirage. Il était bien réel, son corps le lui disait... Son cœur s'était mis à battre sourdement tandis que chaque cellule de son corps semblait s'éveiller.

La présence physique de Draco envahissait tout l'espace et l'emplissait d'un doux sentiment de réconfort. Elle s'était sentie tellement seule, assaillie par d'horribles pensées et de mauvais pressentiments.

Instinctivement, elle posa une main sur son ventre. Mais ce n'était ni le lieu ni le moment d'annoncer la nouvelle, alors qu'à côté d'eux un autre petit être s'accrochait désespérément à l'existence.

La vie était si précieuse et fragile à la fois... Eve ne s'en était jamais autant rendu compte. Et comme elle admirait sa mère qui avait tenu bon pendant toutes ces années pour élever son enfant sans aucune aide.

Elle espérait pouvoir le lui dire.

Ses lèvres se mirent à trembler et ses yeux s'emplirent de larmes.

— Ma maman risque de mourir, Draco.

Les yeux emplis de tendresse, il effleura sa joue, puis il lui prit les mains pour les serrer dans les siennes.

— N'envisage pas le pire. Tu te tortures inutilement.

— Tu as raison, mais…

— Il faut te reposer un peu.

Elle le considéra un instant. Il avait les traits tirés, avec deux sillons creusés aux coins de la bouche.

— Toi aussi, tu es fatigué, murmura-t-elle.

— Hannah t'envoie ses amitiés.

Eve hocha la tête avec un sourire. C'était surtout de l'amour de Draco qu'elle avait besoin. Parfois, elle se réveillait au milieu de la nuit avec un grand manque, comme un trou noir dans la poitrine.

Eve dut se faire violence pour ne pas confier à Draco le secret qu'elle gardait depuis maintenant plusieurs semaines. Le moment était mal choisi. De plus, il était sans doute là uniquement parce que Hannah le lui avait demandé…

— As-tu vu Charlie ?

Jusqu'à l'hospitalisation de sa mère, Charles Latimer ne lui avait inspiré que du mépris. Mais les circonstances dramatiques lui avaient permis de le découvrir. Il aimait sincèrement sa mère, ce dont elle avait toujours douté. Les premiers mots qu'il avait dits au médecin l'avaient bouleversée.

« Ma femme… Sauvez-la, je vous en supplie. A n'importe quel prix. »

Il répétait cela inlassablement. En ce moment même, il était à son chevet.

Draco secoua la tête.

— Non.

— C'est très dur pour lui.

La peur rendait son beau-père très agressif. Il accusait les internes de négligence et menaçait de les poursuivre en justice si Sarah mourait.

— Toi aussi, tu m'as manqué.

Elle sursauta au son de la voix rauque de Draco. Si

c'était vrai, pourquoi ne s'était-il pas manifesté ? Elle se mordit la lèvre et préféra changer de sujet.

— Hannah va bien ?

— Je ne lui ai pas parlé. C'est Kamel qui m'a appelé. Hannah est morte d'inquiétude et se désole de ne pas pouvoir être ici avec toi.

— Je ne sais pas pourquoi ils t'ont contacté. Tu n'étais pas obligé de venir.

Il lui lança un regard tendre et repoussa une mèche de cheveux derrière son oreille.

— C'est faux. Tu le sais aussi bien que moi…

Elle hésita un long moment, puis finit par s'écarter pour reprendre sa place à côté du berceau.

« Tu le sais aussi bien que moi… »

Que voulait dire Draco ? Non, elle ne savait rien et ne comprenait rien à ce qui se passait. Le manque de sommeil, le stress et l'inquiétude l'anéantissaient. Sans parler du secret qui pesait sur sa conscience… Elle ne pouvait pas se fier à son jugement pour interpréter les propos de Draco. Elle avait trop peur de s'illusionner.

Il se rapprocha.

— Comment va-t-il ? demanda-t-il à voix basse en regardant le bébé.

— C'est un battant, a dit l'équipe de soins.

— Depuis quand es-tu là ?

— Je n'en ai aucune idée.

— Tu es épuisée.

— L'état de Charlie est bien pire… Je me suis complètement trompée sur lui. Je croyais qu'il épousait ma mère uniquement parce qu'elle était enceinte, mais il l'aime très sincèrement. Je regrette tellement ! Si maman meurt, je ne pourrai même pas lui demander pardon.

Ses yeux lumineux s'emplirent de larmes.

— Ta maman bénéficie des meilleurs soins médicaux possibles, dit Draco en posant la main sur le dossier de sa chaise.

— J'ai très m-mal j-jugé maman à cause de sa liaison avec Charlie. Dans mon esprit, elle s'était fait piéger et ne pouvait pas rompre, au risque de perdre son emploi. Mais elle n'était pas avec lui par calcul ou par intérêt.

Elle secoua la tête.

— D'une certaine manière, cela me facilitait les choses et m'aidait à accepter leur relation. Mais nous n'en avons jamais parlé et je ne lui ai jamais rien demandé. Elle savait que je savais et réciproquement…

Sur l'une des machines, un signal retentit à ce moment-là et une infirmière apparut aussitôt. Elle appuya sur un bouton et le bruit cessa.

— Est-ce que… ?

— Ce n'est rien. Tout va bien. Je suis Alison. Je viens de prendre mon service. Si vous voulez vous reposer un peu, faites-moi signe. Je peux vous relayer auprès de… Vous avez choisi le prénom ?

Eve secoua la tête.

— Appelez-moi quand vous voudrez prendre un café avec votre mari, je viendrai veiller sur votre enfant.

Eve n'osa pas la corriger. *Leur enfant…*

Serait-elle prête, le moment venu ? Probablement pas. Et Draco encore moins…

Maintes fois, elle avait tenté d'imaginer ses réactions, jusqu'aux pires accès de colère. Elle avait préparé ses réponses, calmes, compréhensives. Elle ne se laisserait pas déstabiliser. Elle allait être mère et devait se montrer adulte.

# 14.

Eve soupira en se remémorant les dernières semaines qu'elle venait de traverser. Lorsqu'elle avait découvert qu'elle était enceinte, elle s'était résolue à en parler à Draco.

Mais elle avait eu beaucoup de mal à s'y résoudre. Et s'il se comportait comme un goujat ? S'il lui demandait de mettre un terme à sa grossesse ? Eve se couchait tous les soirs en se promettant d'appeler Draco le lendemain. Et tous les matins elle se réveillait avec une excuse pour reporter la corvée à un autre jour... La seule fois où elle avait décroché le téléphone, elle était tombée sur la messagerie. Déterminée à ne pas flancher après être allée si loin, elle l'avait appelé au bureau pour s'entendre dire par une horrible pimbêche que M. Morelli était absent. Eve avait ravalé sa colère. Il n'avait pas envie de lui parler, voilà tout. Mais elle avait manqué de courage pour se rendre sur place et exiger une confrontation.

Il fallait bien qu'elle lui annonce cette nouvelle à présent.

— J'aurais dû détromper l'infirmière qui nous a pris pour les parents, dit-elle.

Draco, blanc comme un linge, semblait pris de vertige en regardant le nourrisson dans la couveuse.

Comment réagirait-il si c'était leur bébé qui était là ?

— Je regrette de ne pas lui avoir expliqué...

Il lui serra la main, et murmura avec fermeté :

— Eve, arrête de t'excuser et d'imaginer que tout est toujours ta faute !

— Je ne peux pas m'empêcher d'avoir peur et de penser à maman. J'ai toujours vécu au jour le jour, sans vraiment prendre de recul.

— Parent ou enfant, c'est un peu pareil, observa Draco. Je vis la même chose avec Josie depuis quatorze ans.

Eve leva les yeux vers lui et sa poitrine se gonfla d'amour, comme chaque fois qu'elle le regardait.

— Tu es un bon père.

Il saurait s'occuper de leur bébé. Dans ses moments de calme, Eve n'en doutait pas. Peut-être, au départ, se mettrait-il en colère… Puis il s'habituerait à l'idée, même si cela prenait un peu de temps. Il s'acquitterait de ses devoirs. Mais était-ce tout ce qu'elle espérait de lui ?

— Honnêtement, je croyais que maman quitterait Charlie si elle en avait les moyens matériels. Cela me semblait très simple. Je voyais les choses en noir et blanc. C'était très puéril, reprit-elle.

— Non, tu réagissais comme une fille qui aime beaucoup sa mère. Pourquoi es-tu si dure avec toi-même ? Tu ne devrais pas culpabiliser. Tu n'es pas responsable de ce qui s'est passé.

Eve secoua la tête en soupirant.

— Ne me cherche pas d'excuses. Je suis abominable.

Draco la regardait avec des yeux rieurs, comme s'il était sur le point d'éclater de rire.

— Pourquoi me regardes-tu ainsi ?

— Parce que tu es bien loin d'être abominable. Et même si tu l'étais, je…

Il s'interrompit brusquement. Ce n'était pas le moment pour une déclaration d'amour.

— Tu me connais mal…, reprit-elle. Si tu savais le nombre de fois où je me suis inventé des excuses pour ne pas aller la voir… Et quand elle m'a annoncé sa grossesse, je n'ai même pas pu faire semblant d'être contente.

— Mais aujourd'hui tu es là pour elle, et pour Charlie et le bébé.

— Oui.

— Et comme l'épreuve risque de durer un certain temps, pourquoi ne pas suivre le conseil de l'infirmière et te reposer un peu ?

— J'en suis incapable.

— Alors je vais être dans l'obligation de sévir. De toute façon, tu ne peux rien faire.

Eve esquissa un sourire triste.

— Il est si petit... Charlie n'a même pas pu le regarder. S'il arrive quelque chose à maman, ce sera terrible.

— Arrête d'imaginer le pire, Eve.

— Je ne peux pas m'en empêcher.

— Si le pire devait se produire, tu seras là pour le bébé. Et Charlie s'en occupera aussi. Comment pourrait-il ne pas aimer son fils ?

— Mon père ne m'a pas aimée, confia-t-elle avec lassitude. Il voulait que maman avorte. J'ai découvert une lettre de lui, que j'ai remise en place sans rien dire. A l'époque où maman est tombée enceinte, elle était étudiante et avait trouvé un job d'été dans la propriété de Charlford. Il l'a traitée comme une moins-que-rien... Quant à moi, j'étais un fardeau inutile dont il fallait se débarrasser.

Draco se pencha vers elle et lui prit les mains. Ses yeux exprimaient de la douceur et de la compréhension. Eve crut y déceler également de la dureté. Draco condamnait silencieusement son père.

— Un père comme lui ne t'aurait rien apporté, de toute façon.

— Mark m'a dit exactement la même chose.

Tout à coup, le souvenir de leur dernière rencontre s'interposa, alourdissant l'atmosphère.

— Ton frère est un homme sensé, reconnut Draco. Il n'a pas eu trop de mal à se remettre, après... ?

— Non, cela ne l'a pas affecté.

— Tant mieux. Je t'ai aussi dit des choses très blessantes, ce soir-là.

Il choisit de résumer la situation au plus court.

— J'étais jaloux.

Curieusement, il était plus facile de l'avouer à Eve qu'à lui-même.

— Quand Mark m'a dit cela, je l'ai traité d'idiot.

— C'est un sentiment que je n'avais jamais éprouvé avant toi.

Eve avait du mal à croire à ces paroles. Cet aveu trahissait des sentiments qu'elle ne parvenait pas encore à bien interpréter. Son cœur se mit à battre la chamade. Pouvait-elle espérer quelque chose de Draco Morelli ?

— J'aimerais être sûr de ne jamais recommencer, mais si je te voyais de nouveau embrasser un autre homme… j'aurais certainement la même réaction. Je… Je ne peux pas continuer à parler ici.

Elle se leva lentement. Le chaos régnait dans son esprit. Tout se mélangeait, la confusion, le choc, l'excitation… Les jambes en coton, elle se leva pour le suivre. Mais un regard sur le berceau du nourrisson la retint. Déchirée entre le désir et le devoir, elle hésita.

— J'aurais l'impression de déserter, si je partais…

— Je comprends. Moi j'ai besoin d'une pause. Je peux te rapporter quelque chose, un thé ?

Elle secoua la tête et le regarda partir. Il lui sembla que sa démarche avait perdu de sa souplesse, de son arrogance. Quelque chose en lui était plus humble…

La porte s'était à peine refermée que la jeune infirmière réapparut.

— Allez donc tenir compagnie à votre mari. C'est souvent beaucoup plus dur pour les hommes que pour nous. Ils ne savent pas parler de leurs émotions. Je reste ici, je veille sur votre bébé.

Eve remercia l'infirmière sans la détromper. Puis sortit

de la salle : après toutes ces émotions, elle aussi avait besoin d'une pause.

Elle bataillait encore pour enlever sa blouse quand elle rencontra Draco dans le couloir, devant la salle d'attente. Il semblait l'attendre et, lorsqu'il la vit, il lui sembla que son visage s'éclairait.

Comment avait-elle pu se résoudre à ne plus le voir, à ne plus entendre le son de sa voix ?

Elle en tremblait.

Elle inspira profondément. Le moment était venu. Les mots se bousculaient dans sa tête mais elle plongea dans l'inconnu la tête la première avant de changer d'avis.

— Le jour où tu es parti, j'ai eu l'impression de perdre une part de moi-même.

Elle leva la main pour la presser sur son cœur, tirant sans s'en rendre compte sur sa ceinture.

— Oh ! Je n'arrive pas à me débarrasser de cette blouse.

— Ne bouge pas. Je vais t'aider.

Les mains de Draco s'affairant sur sa blouse la mettaient au supplice. Comme elle aurait aimé qu'il la déshabille, encore une fois ! Elle baissa la tête pour masquer son trouble. Quand elle releva les yeux, il avait l'air surpris, les yeux fixés sur…

Elle suivit son regard.

— J'ai juste eu le temps d'enfiler des bottes sur mon pyjama et d'attraper mon manteau…, expliqua-t-elle.

— Non, non, ce n'est pas cela…

Eve comprit. Elle portait un top à fines bretelles qui moulait son buste… Draco était fasciné par la rondeur inhabituelle de ses seins ! Allait-il se douter de quelque chose ?

Le sondant du regard, elle chercha à déchiffrer son expression. Vainement. Il avait repris un air impénétrable.

Son silence rassura Eve. S'il ne posait aucune question, c'est qu'il ne l'avait pas démasquée. Inconsciemment, elle porta la main à son ventre. Lorsque l'obstétricien l'avait examinée au premier rendez-vous prénatal, il avait émis des doutes sur la date de conception. Une échographie, la semaine suivante, préciserait les choses. Ils s'étaient toujours protégés… sauf ce petit incident, un soir.

Naïvement, elle ne s'en était pas inquiétée.

— Allons dehors, proposa Draco. J'aimerais te parler… Cela ne prendra pas beaucoup de temps.

Sur des charbons ardents, Eve le suivit sans trop savoir à quoi s'attendre. Elle avait l'impression de chercher son chemin dans un dédale compliqué, autant à l'hôpital qu'à l'intérieur d'elle-même. Heureusement, Draco la conduisit sans hésitation dans une petite cour avec des bancs et des jardinières. A cette heure de la nuit, l'endroit était désert.

L'air frais lui fit du bien. Dans les étages, de nombreuses fenêtres étaient toujours éclairées.

— Je me demande comment font les gens qui travaillent ici pour supporter… tous ces malheurs.

Elle avait commencé à lire un article sur les prématurés sans arriver jusqu'au bout. Elle avait oublié le pourcentage de décès, mais le chiffre l'avait effrayée.

— Ils ont des techniques pour faire face. On leur apprend à avoir du recul… Heureusement, il y a aussi des guérisons et de bons moments.

Soudain, Eve se sentit incapable de poursuivre cette conversation. Il ne servait à rien de continuer à retarder le moment fatidique. Elle devait le lui annoncer.

— Draco, j'attends un bébé, déclara Eve tout à trac.

— A quand cela remonte ? lui demanda-t-il sans rien laisser transparaître de ce qu'il ressentait.

— Environ six semaines.

Draco mit quelques minutes à réaliser. D'abord il n'éprouva rien. Puis chaque seconde fit exploser en lui une nouvelle étincelle de bonheur. *Un bébé*… Il se sentit soudain immensément reconnaissant : était-il possible que la vie lui fasse un tel cadeau ? Une douce sensation de chaleur l'envahit en imaginant Eve donnant le sein à leur bébé. La gorge nouée, ému à en pleurer, il ferma les yeux un instant — tentant de rassembler ses esprits. Eve, la voix hésitante, continuait de parler…

— J'ai téléphoné un jour à ton bureau pour m'entendre dire que tu étais en voyage…

Draco, les yeux toujours clos, parvint à murmurer :

— On ne m'en a jamais fait part.

Eve était certainement tombée sur la jeune remplaçante qui n'en faisait qu'à sa tête et ne leur avait créé que des ennuis…

— Quand était-ce ? demanda-t-il.

— Le mardi 6 avril.

— J'étais à Londres. C'est la date anniversaire de la mort de mon père. Nous avons toujours une réunion de famille ce jour-là.

— Oh.

— La naissance est pour quand ? demanda Draco, en essayant de maîtriser les tremblements de sa voix.

— Noël. Je me sens déjà énorme !

Draco la regarda. Il comprenait mieux maintenant d'où lui venaient ces nouvelles rondeurs : au niveau des seins, de son ventre peut-être très légèrement. Comment n'avait-il pas deviné ? Eve avait ce teint radieux, cet air de plénitude que l'on ne voyait que chez les femmes enceintes.

— Tu es très belle. Tu seras une mère parfaite.

Il lui saisit les mains, et enfouit son visage dedans — respirant l'odeur de ses poignets graciles.

Eve était magnifique. Il l'imagina s'arrondir, de mois en mois… Loin d'en être altéré, son désir pour elle s'intensifia. Il releva la tête et contempla Eve. Il fut alors convaincu qu'il ne se lasserait jamais de cette femme.

Eve lui jeta un regard perplexe. Il devait être livide. Il ne sentait plus ses jambes.

— Tu veux t'asseoir ?

Il acquiesça en la prenant contre lui tout en s'asseyant.

— Je préférerais m'allonger…

Il sentit Eve frissonner… mais elle continuait de le regarder d'un air inquiet.

— Tu es sous le choc, Draco.

— Non, je suis amoureux. J'ai cru que je t'avais perdue pour toujours, confia-t-il d'une voix émue, méconnaissable. Mon sang n'a fait qu'un tour quand je t'ai vue avec Mark. J'aurais pu le tuer ! Pourquoi menons-nous des vies séparées, en faisant semblant d'être indépendants ? Je ne peux pas continuer ainsi. J'ai besoin de toi, Eve.

Eve le fixa, visiblement bouleversée.

— Tu n'es pas obligé de dire cela, chuchota-t-elle.

— Si, protesta-t-il avec un sourire qui la bouleversa. Il noua ses mains derrière sa nuque, avant de l'embrasser avec une tendresse et une délicatesse infinies.

Eve pleurait de joie.

— Dis-le-moi, murmura-t-elle, n'osant trop y croire encore.

— Je t'aime, Eve. Acceptes-tu de me donner une deuxième chance ?

— Idiot ! lança-t-elle en posant la main sur sa joue. Oh ! Draco, j'ai été si malheureuse sans toi. Je t'aime tant…

Il poussa un grognement indistinct en l'attirant sur ses genoux pour l'embrasser de nouveau, cette fois-ci passionnément.

Lorsqu'il s'écarta, son expression de tristesse le déconcerta.

— Qu'y a-t-il ?

— J'ai un peu honte d'un si grand bonheur en ce moment.

— Ta mère souhaiterait te voir heureuse, non ?

Elle hocha la tête.

— Alors, fais-lui plaisir. Nous fêterons cela plus tard. L'important est d'être ensemble. Quoi qu'il advienne, je serai toujours là pour toi, Eve. Tu le sais ?

Les yeux d'Eve brillaient d'une joie ineffable qui le remplit d'une félicité insoupçonnée.

— Oui, répondit-elle avec une conviction inébranlable.

Ils échangèrent un nouveau baiser, avant de retourner à l'intérieur, ensemble.

# Épilogue

— Il neige ! Il neig !

Josie courut jusqu'au salon. Son père était en train de placer au sommet du sapin l'ange argenté qu'elle avait confectionné quand elle avait six ans. Il avait perdu une aile mais cela ne l'empêchait pas d'avoir la place d'honneur.

Eve, aussi excitée que sa belle-fille, bondit sur ses pieds.

— Un Noël blanc ! Que souhaiter de mieux ?

Elle poussa un soupir de contentement.

— Une sieste ? proposa Draco, pragmatique.

— Nous avons tout de même dormi trois heures la nuit dernière, répliqua-t-elle.

Depuis son accouchement, deux semaines plus tôt, ils tentaient de composer avec le manque de sommeil.

La première échographie avait révélé l'existence de jumeaux. La vue de deux petits cœurs qui battaient avait ému Eve aux larmes. Draco avait mis quelque temps à assimiler l'information. Puis il avait acheté une grande maison à la campagne.

— Sur un coup de tête, avait-il admis. J'allais chez Gabby et en voyant cet endroit magnifique, je me suis tout de suite imaginé là avec notre famille. Mais si tu n'es pas d'accord…

Eve avait tout de suite adoré l'immense manoir victorien, à une dizaine de kilomètres de la maison qu'occupait la sœur de Draco. Josie était évidemment ravie d'être aussi près de sa cousine.

Pendant sa grossesse, Eve s'était liée d'amitié avec sa belle-sœur. Et depuis la naissance de ses vigoureux jumeaux, Gabby lui offrait une aide précieuse. Ainsi que Josie. Il n'était plus question pour elle d'aller vivre chez sa mère. Clare avait abandonné l'idée et se passionnait maintenant pour la défense des animaux.

Quelle différence avec l'année précédente ! songea Eve. Elle avait alors passé le réveillon à travailler dans un bureau désert.

— Si la neige tient, maman et Charlie ne pourront peut-être pas venir ?

— Mais si, ne t'inquiète pas, murmura Draco en s'approchant.

Ils seraient nombreux demain autour de la table, même si Veronica avait choisi de passer le réveillon chez Gabby. Ce serait leur tour l'année prochaine, avait-elle promis. De toute façon, ils se retrouveraient tous à midi le jour de Noël. Joe, le deuxième demi-frère d'Eve, serait de la fête. Après des débuts difficiles, c'était maintenant un bébé robuste, sans problème particulier. Quant à Sarah, après avoir passé quatre jours en soins intensifs, elle avait surmonté victorieusement ses ennuis de santé. Elle était même rentrée à la maison une semaine avant Joe.

Draco vint se placer derrière elle, les mains sur ses épaules. Elle s'appuya contre lui, profitant de la chaleur sécurisante de sa présence.

— Notre premier Noël ensemble… Dommage que Hannah ne soit pas avec nous.

— Ils viendront pour le nouvel an.

— J'ai hâte de voir leur bébé.

Hannah avait donné naissance à une petite Cordelia, dont Eve serait la marraine.

— Tout est si paisible, murmura-t-elle en contemplant les flocons de neige qui voltigeaient.

Comme pour la contredire, des cris s'élevèrent depuis l'écoute-bébé posé dans un coin de la pièce.

— J'aurais mieux fait de me taire ! gémit-elle.

— Davide ou Dario ? demanda Draco.

Leurs deux fils avaient déjà des personnalités bien distinctes, mais il ne différenciait pas encore leurs voix.

Eve tendit l'oreille.

— Davide.

Elle se leva, mais Draco la rattrapa par le bras.

— Non, reste assise. J'y vais avec Josie.

Cette dernière bondit pour le suivre.

Arrivés sur le seuil, Draco retourna en arrière pour effleurer ses lèvres d'un baiser.

— T'ai-je dit combien je t'aimais, aujourd'hui ?

— Une ou deux fois, murmura-t-elle en souriant. Mais je ne m'en lasse pas.

Revenant dans la pièce pour chercher son père, Josie leva les yeux au ciel.

— Encore ! Vous êtes incorrigibles !

# Retrouvez en octobre 2020, dans votre collection

# AZUR

**Mensonge et mariage, de Millie Adams - N°4257**

« Tu dois m'épouser. » Les mots de Dante Fiori hantent Minerva... Si le milliardaire italien exige qu'ils convolent, ce n'est pas qu'il se meure d'amour pour elle. Non, Dante cherche uniquement à donner un sens à la mascarade dans laquelle elle l'a entraîné, malgré lui. Comment lui en vouloir ? Jamais elle n'aurait dû déclarer à toute sa famille que Dante était le père de son bébé. Or, acculée par les circonstances, Minerva a cédé à la panique. Et aujourd'hui, Dante va lui faire payer son mensonge par cette union de convenance...

**L'enfant du maharadjah, de Lynne Graham - N°4258**

Lorsqu'elle s'est retrouvée enceinte du prince Jai Singh, Willow a préféré garder le secret, sachant le gouffre qui les séparait tous les deux. Or, aujourd'hui que le maharadjah a découvert l'existence de leur fils, son monde vacille. Parce qu'il veut faire du petit Hari son héritier, Jai exige qu'elle l'épouse sur-le-champ et l'accompagne en Inde. Bientôt, dans ce palais doré et opulent où elle n'a pas sa place, Willow doit faire face à l'autorité de son nouvel époux, mais aussi au désir dévastateur qu'elle éprouve encore pour lui...

**Le seigneur des dunes, de Jackie Ashenden - N°4259**

Alors qu'elle effectue des fouilles archéologiques, Charlotte se perd, sous le soleil ardent du désert. Si elle est secourue par le cheikh Tariq, son répit est de courte durée, hélas. Le redoutable seigneur de guerre, non content de faire d'elle sa prisonnière, lui demande bientôt de l'épouser ! Tariq a en effet besoin de produire un héritier et, pour une raison mystérieuse, il a décidé qu'elle serait une reine parfaite pour lui... Or, bien qu'elle ait toutes les raisons d'être révoltée, Charlotte éprouve peu à peu des sentiments bien trop dangereux pour Tariq...

**La tentation d'une princesse, d'Andrea Bolter - N°4260**

D'ici trois semaines, la princesse Luciana devra se soumettre à un mariage forcé avec un roi qu'elle déteste. Désespérée, elle décide d'échapper quelque temps à ses obligations en réalisant un rêve : visiter Florence. Or ce voyage incognito la plonge vite dans l'angoisse de l'inconnu. Du moins, jusqu'à sa rencontre avec Giovanni Grassi, un Italien qui la séduit d'un seul regard... tout en ignorant son identité. Grisée par cette rencontre inattendue, Luciana est peu à peu envahie par des sentiments pour Giovanni. Des sentiments au goût d'interdit...

**Une nuit avec son patron, de Jennie Lucas - N°4261**

Une nuit, une seule, dans les bras de son patron – et voilà que Hana se découvre enceinte ! Bouleversée, elle choisit à l'occasion d'un voyage d'affaires à Tokyo de partager cette nouvelle avec Antonio Delacruz. Certes, elle ne s'attendait pas à ce qu'il se réjouisse, alors qu'il ne devait s'agir entre eux que d'une aventure sans lendemain, mais la réaction de l'homme d'affaires lui glace le cœur. Non seulement il ne la croit pas quand elle affirme qu'il est le père de son enfant mais, pire encore, il la licencie aussitôt...

**Un redoutable amant, de Pippa Roscoe - N°4262**

Sauvage. Torturé. La réputation de Matthieu est tristement célèbre – à sa grande satisfaction. Son pouvoir, il le tient de sa richesse et de la crainte qu'il inspire autour de lui. Sur ses gardes, il ne laisse personne voir au-delà de l'armure qu'il s'est forgée. Jusqu'à sa rencontre avec la douce Maria Rohan de Luen, par une nuit étoilée au bord d'un lac. Alors qu'ils ne sont que des inconnus l'un pour l'autre, la belle l'émeut étrangement. Au point que Matthieu laisse rugir le désir que Maria lui inspire, durant quelques heures aussi magiques que voluptueuses. Mais cette perte de contrôle inattendue a des conséquences, Matthieu ne tarde pas à le découvrir...

**Surprise pour une héritière,**
**de Susan Meier - N°4263**

SÉRIE : *LES HÉRITIERS DE MANHATTAN* - 3/3

Enceinte d'un homme qu'elle n'aime pas. Le verdict vient de tomber sur Sabrina McCallan, riche héritière de New York. Bouleversée, elle se confie à Trent, le meilleur ami de son frère – très protecteur envers elle. S'il ne lui cache pas sa déception de la savoir dans une telle situation, celui-ci lui propose aussitôt son aide... et son jet privé ! Ensemble, les voilà bientôt partis à travers toute l'Europe, en quête du père du bébé, qui s'est volatilisé. Un long voyage qui, très vite, attise le désir qui brûle entre eux depuis des années, sans que ni l'un ni l'autre n'aient jamais osé y céder. Du moins, jusqu'à présent...

**L'épouse d'Alejandro Sabato,**
**de Sharon Kendrick - N°4264**

SÉRIE : *MILLIARDAIRES ARGENTINS* - 1/2

De passage en Argentine, Emily est émue de retrouver la terre où elle a grandi... et Alejandro Sabato. Autrefois, elle était folle amoureuse de ce garçon qui respirait la liberté et passait sa vie à cheval. Le découvrir plus beau encore que dans ses souvenirs la bouleverse au plus haut point, mais Emily n'est pas au bout de ses surprises ! Non seulement Alejandro lui demande de l'aider à se débarrasser de la réputation de play-boy qui lui colle à la peau, mais surtout il lui propose pour cela... de l'épouser !

**Séduction cubaine, de Louise Fuller - N°4265**

SÉRIE : *PASSION AU PARADIS* - 5/6

Cuba. C'est ici que Kitty a posé ses valises pour démarrer une nouvelle vie, loin de ses souvenirs douloureux. Grisée par la splendeur du paysage et l'atmosphère chaleureuse du pays, elle abandonne sa réserve habituelle pour s'offrir une nuit de délices dans les bras d'un homme sublime. Un homme qui n'est autre que César Zayas y Diago, son redoutable et tout-puissant patron ! Alors qu'elle prend la mesure de la folie qu'elle vient de commettre, Kitty se découvre enceinte…

**La vengeance d'une nuit de noces, de Michelle Smart - N°4266**

Helena n'en revient pas. Le client mystère pour lequel elle travaille depuis des mois n'est autre que Theo Nikolaidis, son ex-fiancé. Cet homme, elle l'a abandonné le jour même de leurs noces, craignant que l'autorité naturelle de celui-ci ne bride à jamais sa liberté. Or il semble résolu à lui faire payer sa désertion et il a trouvé pour cela l'arme fatale : la séduction. Contrainte de séjourner auprès de Theo sur l'île grecque où ils se sont follement aimés, Helena sent renaître pour lui un désir aussi irrépressible que dangereux…

**Un mystérieux fiancé, de Maisey Yates - N°4267**

Jada se sent submergée par le désespoir : le père de sa fille adoptive, jusque-là inconnu, vient de refaire surface. Pire, il a obtenu la garde de l'enfant ! Hors de question de laisser sa précieuse Leena entre les mains de cet étranger à la beauté glaciale et au passé trouble, de cet homme qui vit reclus dans un immense palais sans âme. Alors, quand Alik Vasin lui offre de l'épouser pour faire d'elle la mère – et la nourrice – de Leena, Jada accepte sans hésiter, malgré la colère que lui inspire cette odieuse proposition. Pour rester au côté de son enfant chérie, elle est capable de bien plus encore que de supporter cet homme froid et impitoyable dont chaque regard éveille en elle un trouble inconnu…

Composé et édité par HarperCollins France.

Achevé d'imprimer en août 2020.

CPI
BLACK PRINT

Barcelone

Dépôt légal : septembre 2020.

MIXTE
Papier issu de sources responsables
FSC® C108412
www.fsc.org

Pour limiter l'empreinte environnementale de ses livres, HarperCollins France s'engage à n'utiliser que du papier fabriqué à partir de bois provenant de forêts gérées durablement et de manière responsable.

*Imprimé en Espagne.*